*Liebeserklärung
an Cherry*

Renate Düpjohann

Liebeserklärung an Cherry

Eine Pferdeerzählung über Vergnügen,
Arbeit und Sorgen mit einer
Anglo-Araber-Stute

Renate Düpjohann, auf einem Bauernhof in Ostpreußen geboren, wurde die Liebe zu allem, was da kreucht und fleucht, bereits in die Wiege gelegt. Neben ihrer Tätigkeit als Schulsekretärin einer weiterführenden Schule, schrieb sie schon früh nebenberuflich journalistische Texte, in denen sie sich für einen liebevollen Umgang mit der Tierwelt stark macht. Seit über 20 Jahren ist sie schriftstellerisch tätig und Mitglied der Autorengruppe Koblenz.

Bibliografische Information der Deutschen Nationalbibliothek:
Die Deutsche Nationalbibliothek verzeichnet diese Publikation in der Deutschen Nationalbibliografie; detaillierte bibliografische Daten sind im Internet über http://dnb.d-nb.de abrufbar.

© 2007 Renate Düpjohann
Zeichnungen: Albrecht Dinkel
Fotos: Renate Düpjohann
Herstellung und Verlag: Books on Demand GmbH, Norderstedt
ISBN 978-3-8334-7941-0

Inhaltsverzeichnis

Vorspann

Das Klingeln des Telefons reißt mich aus meiner Arbeit. Eine tiefe männliche Stimme fragt, ob ich Renate Düpjohann sei und ob ich wüsste, wer er wäre. Ich weiß es nicht.
Worauf er fröhlich erklärt: „Dein alter Kriegskamerad."
Ich begreife nicht.
Er hilft mir: „Na, der Klamotten-Karl." (So genannt von seinen Kollegen, weil er furchtbar lang und dünn ist und ihn seine jeweilige Garderobe, eben die Klamotten, wie einen Kleiderständer umflattert.
Nun bin ich im Bilde und erstaunt. Denn Karl, seines Zeichens Hubschrauberpilot und langjähriger Kollege meines geschiedenen Mannes, war längerfristig in Amerika und Kanada stationiert. Wir waren stets gute Freunde gewesen, hatten uns dann jedoch aus den Augen verloren.
Karl fragt mich besorgt: „Wie geht es dir, und wie lebst du?"
„Na, gut", ist meine Antwort.
Und er noch einmal ganz sanftmütig: „Dir geht es wirklich gut? Und du wirst versorgt?"
Nun verstehe ich nichts mehr und frage rundheraus: „Karl, was ist los, warum fragst du so komisch?"
Und er: „Aber du bist doch blind. Wie kannst du damit zurechtkommen?" Und dann zornig: „Deinem Mann breche ich sämtliche Knochen! Eine blinde und hilflose Frau verlässt man nicht. Das ist eine bodenlose Niedertracht."
Ich bin fassungslos und versichere ihm, dass ich weder blind noch hilflos bin, auch nicht von meinem Mann verlassen wurde, sondern mich von ihm getrennt hätte. Schweigen. Und dann berichtet Karl, seine Kameraden hätten ihm diese erschreckende Story erzählt, als er wieder auf seinen Heimatflugplatz Mendig zurückgekehrt sei. Er kann es immer noch nicht glauben, ich auch nicht. Wir rätseln, wie und wodurch

eine derartige Ungeheuerlichkeit in Umlauf gebracht werden konnte. Plötzlich habe ich die Erleuchtung:

„Karl, deine Kameraden können nur von meinem Pferd gehört oder gelesen haben. Kürzlich hat ein Journalist von meiner Anglo-Araber-Stute Cherry erfahren, die wohl als einziges Pferd eine Brille trägt. Er schilderte in unserer Tageszeitung, dass Cherrys Augenerkrankung als „Mondblindheit" oder „Periodische Augenentzündung" bezeichnet wird und zur Erblindung führen kann. Die von mir konstruierte Schutzbrille soll ihre empfindlichen Augen vor äußeren Einflüssen wie Sonne, Wind oder Staub bewahren."

Karl atmet tief durch, dann explodiert er: „Und da haben irgendwelche Idioten einen solchen Quatsch verbreitet? Das darf doch nicht wahr sein!"

„Doch, ich denke, so kann es entstanden sein. Durch wiederholte Weitergaben hat die Story sich beständig verändert. Es ist wirklich unglaublich."

Später möchte Karl alles über uns, meine Tochter, mich und Cherry erfahren, wie wir leben und wie wir zu diesem Pferd gekommen sind, das ja nicht gerade etwas Alltägliches ist.

Es wird eine lange Geschichte.

Der Margarethenhof

Mit unseren Spaziergängen zum Margarethenhof fängt alles an. Dieses Anwesen liegt am Rande unserer Stadt, beinahe in der Pellenz, Richtung Eich/Nickenich. Befindet man sich von Andernach aus auf dem Weg zu der bekannten Benediktiner-Abtei Maria Laach mit ihrem riesigen Kratersee, kann man nach der Ortsausfahrt rechter Hand die Gestütsgebäude und einen Teil der Koppeln des Margarethenhofes erblicken.

Die gesamte Anlage ist großzügig und modern, mit hellen, sauberen Stallungen, einer wunderbaren Reithalle, gepflegten Rasenflächen und – was mich stark beeindruckt – mit blühenden Geranien vor den Stallfenstern angelegt. Entlang den Koppelzäunen sind Pappeln angepflanzt, die angenehmen Schatten spenden.

Und hier auf den herrlichen Weiden begegnet uns zum ersten Mal der Jährling Cherry, ein putzmunteres blaugraues Anglo-Araber-Fohlen.

Stundenlang können wir, meine Tochter und ich, die Pferde beobachten und streicheln, zuschauen, wie sie zeitweise friedfertig vor sich hingrasen. Und dann plötzlich … es muss irgendwo geraschelt haben: Ein Pferd hebt erschreckt den Kopf, rast davon und die Herde in Panik hinterdrein, obwohl es überhaupt keinen ersichtlichen Grund dafür gibt.

Und diese Pferdeschar hat sehr schnell herausgefunden, dass unsere Besuche immer lohnend für sie ist. Meistens stehen alle erwartungsvoll und drängelnd am Zaun, sobald sie unsere Stimmen vernehmen. Denn ohne Futtertüten kommen wir natürlich nie. Und sie werden mit Mohrrüben, Äpfeln, getrocknetem Brot und auch hin und wieder einem Zuckerstückchen verwöhnt. Dabei achten wir sehr darauf, allen Tieren gerecht zu werden. Denn auch unter ihnen sind – wie bei den Menschen– die ganz Bescheidenen, die sich oft in die letzte Reihe abdrängen beziehungsweise wegbeißen lassen, und die weniger zart

Besaiteten, die immer und überall die erste Rolle spielen. Wie überall im Tierreich gibt es eine feste Rangordnung: Es herrscht das Recht des Stärkeren. Cherry ist ebenso futtergierig wie ihre Artgenossen, dabei auch noch recht störrisch und ein wenig unzugänglich.

Doch seltsam, wie lange wir auch an der Koppel bleiben, stets zieht es diesen kleinen Wildling in unsere Nähe. Selbst wenn es nichts Fressbares mehr zu erhaschen gibt und die Herde davongetrottet ist, steht Cherry als Einzige noch am Zaun. Und manchmal schaut sie uns nach, wenn wir uns schon von allen verabschiedet haben, bis wir um eine Wegbiegung verschwunden sind.

„Seltsam", sprechen wir es aus, „so besonders kümmern wir uns doch gar nicht um diese Kleine. Warum ist gerade sie so anhänglich und dennoch irgendwie abweisend?"

Jahre später, als Cherry wirklich unser Pferd geworden ist, erinnern wir uns daran, und meine Tochter meint: „Jetzt hat sie ihren Kopf durchgesetzt. So was hat sie immer im Schilde geführt."

Und Cherry hat einen gehörigen Dickkopf! Eigentlich sind die Eigentumsverhältnisse bei uns nie so recht geklärt worden, denn wir können bis heute nicht behaupten, Cherry gehöre uns. Vielmehr sagen ihre lebhaften, kecken Augen: Ihr gehört mir, alle beide gehört ihr mir. Und so benimmt sie sich gelegentlich.

Damals jedoch hätten wir nicht einmal in unseren verstiegensten Träumen an die Möglichkeit gedacht, jemals im Leben ein eigenes Pferd zu haben, und wenn, dann wäre dieser Wunsch sicherlich nicht mit dem eigenwilligen kleinen „Untier" Cherry verbunden gewesen. Auch wenn dieser Racker es immer wieder versteht, unsere Aufmerksamkeit auf sich zu lenken.

Bin ich gelegentlich mit der Fütterung der „Raubtierherde" voll beschäftigt, sehe diesen Lauser abseits stehen und rufe Manuela zu: „Bring doch mal Cherry etwas hinüber. Sie steht dort drüben am Zaun", kommt prompt die Antwort: „Ich denke nicht daran. Das kleine Biest beißt doch wieder."

Auch sonst kann es geschehen, dass Cherry nach uns schnappt, wenn wir uns etwa beim Kraulen nicht schnell genug in Sicherheit bringen, sobald sie davon genug hat. Ein richtig liebenswerter Zeitgenosse ist sie damals nicht.

Dem Besitzer des Hofes, der uns häufig bei seinen Inspektionsgängen begegnet, ist unsere Liebe zu den Pferden natürlich nicht verborgen geblieben. Wiederholt weist er uns auf Cherry hin und versucht uns davon zu überzeugen, dass dieses kleine Raubein einmal ein ausgesprochenes Damenpferd zu werden verspricht, gerade das Richtige für uns.

Zugegeben, Cherry ist ein bildhübscher Blauschimmel, von relativ kleinem Wuchs, dafür aber sehr kraftvoll, mit langer weißer Blesse, zwei diagonalen weißen Fesseln, schwarzer Zottelmähne und einem schwarzen Schweif. Ihre „Jacke" schimmert vom zartesten Silbergrau bis hin zu dunklem Blaugrau, je nach Jahreszeit und dem dadurch bedingten Fellwechsel. Und sie hat bemerkenswerte, herausfordernd kecke Augen, ein Erbe ihrer Mutter Cortina, das auch der grazile Araberkopf verdeutlicht. Doch auch ihr Vater, der auf dem Hof lebende Champagner, ein schneeweißer Hengst, hat ihr nicht wenig von seinem Charme und seiner Wildheit vererbt. Champagner ist ein Nachkomme des berühmten Gazal. Mit 3/4 Araber und 1/4 englischem Vollblut und ihrer edlen Abstammung besitzt Cherry „Rote Papiere". Seinerzeit sagt uns das nicht viel, doch dass Cherry sehr hoch im Blut steht, ist uns schon irgendwie klar.

Wir glauben dem Gestütsbesitzer ja alles, was er uns berichtet, aber damals mangelt es an dem nötigen Kapital, um an ein eigenes Pferd zu denken. Meine Tochter besucht derzeit eine Fachschule für Soziales, um Erzieherin zu werden. Ich selber bin seit vielen Jahren von ihrem Vater geschieden und sorge als Schulsekretärin alleine für unseren Lebensunterhalt. Und das ist nicht immer ganz einfach. Und außerdem: Wir können ja nicht reiten. Was also hätten wir mit der kleinen Cherry anfangen sollen? Die gelegentlich auftretenden Wünsche, bei einem Reitverein Unterricht zu nehmen, müssen immer wieder beiseite geschoben werden. Das Geld reicht vorne und hinten nicht. Da kann ich meine bescheidenen Einkünfte drehen und wenden wie ich will.

Dennoch bringt uns der Sommer viel Freude mit „unseren" Pferden. Auch im Herbst bleiben sie noch auf den Weiden, obwohl es häufig regnet und der Pulk dann triefend nass und eng aneinander gedrängt auf einer Stelle steht. Doch als es spürbar kälter wird, müssen wir uns mit dem Gedanken vertraut machen, unsere Freunde hier nicht mehr lange erleben zu können. In den Wintermonaten werden alle Vierbeiner in die schützenden Stallungen gebracht. Reitbetrieb gibt es auf dem Gestüt nur für den Bereiter der Gestütspferde und einige Besitzer von Privatpferden, die hier in Pension sind.

Ohne Pferde ist das Leben nicht mehr so kurzweilig für uns. Wir vermissen ihre Nähe, die Streicheleinheiten, die wir vergeben konnten, auch diesen wunderbar frischen Geruch nach Sonne, Gras und warmen Pferdeleibern, das weiche, kuschelige Fell und die samtenen Nüstern, die unsere Hände beschnuppert und abgeschleckt haben.

Reitunterricht

In der nachfolgenden Zeit hat meine Tochter einen Meilenstein in ihrer beruflichen Ausbildung erreicht. Sie hat die Fachschule für Soziales erfolgreich beendet und eine Anstellung als Erzieherin im Anerkennungsjahr in einem Kindergarten bekommen. Da hiermit auch ihr erster Verdienst verbunden ist, bedeutet das für uns eine spürbare finanzielle Erleichterung.

Und endlich können wir uns unseren Herzenswunsch erfüllen: Wir nehmen Reitunterricht. Auf Empfehlung von Freunden haben wir uns in einem großen modernen Reitstall auf der rechten Rheinseite angemeldet.

Es beginnt eine interessante, schöne, aber auch ungemein anstrengende Zeit, denn Lehrjahre sind ja bekanntlich keine Herrenjahre. Ich, bereits im „zarten" Alter von vierzig Jahren, habe es wesentlich schwerer als Manuela, die mit ihren zwanzig Lenzen ganz unbekümmert in den Sattel steigt. Und das Glück ist ihr treu, denn durch ihren Favoriten Apache, einen großrahmigen, leichttrittigen Fuchs, macht sie sehr rasche Fortschritte. Mir hingegen fällt die Kunst des Reitens nicht so leicht und ich hatte mir nicht vorstellen können, dass es derart anstrengend wäre.

Theoretische Studien helfen uns natürlich auch und erleichtern das Verstehen und Einfühlen in das Lebewesen Pferd. Doch nur durch viel Praxis und scheinbar nicht enden wollenden Unterricht erreicht man endlich das beglückende Gefühl: Es hat geklappt. Das Pferd hat auf meine Anweisungen reagiert. Solche Momente sind für den Anfänger absolute Höhepunkte und entschädigen für alle Mühsal, wiederholte Fehlschläge, Muskelkater und sonstige Beschwerden, die einem ganz schön zusetzen können.

Und ich verliere hier mein Herz an meinen Lehrmeister, einen großen dunkelbraunen Mecklenburger Wallach. Dieses Reitschulpferd Aragon wird mir im Laufe unserer gemeinsamen

Reitstunden so lieb, dass ich kaum noch Zeit und nur wenige Gedanken für die Pferde auf dem Margarethenhof habe.

Später, als ich feststellen muss, wie sehr Aragon einen Menschen braucht, der sich um ihn kümmert und für ihn sorgt, und wie er meine Zuneigung erwidert, bin ich nur noch für ihn da. Wir werden die innigsten Freunde, und ich verdanke es diesem gutmütigen braven Burschen, dass auch für mich das Reiten bald zu einem richtigen Vergnügen wird.

Leider verliere ich meinen wunderbaren Freund nach eineinhalb Jahren. Ich habe in der Zwischenzeit hinreichend Gelegenheit gehabt, die Schattenseiten eines Schulpferd-Daseins kennenzulernen. Wie habe ich um „meinen" Aragon gelitten und erleben müssen, dass alle meine Versuche, sein Dasein zu erleichtern, zum Scheitern verurteilt waren. Dies ist eine bittere Erfahrung, ein dunkler Abschnitt in meinem Leben.

Nachdem es Aragon nicht mehr gab, verließen wir diesen Stall und wechselten zum Reiterverein nach Saffig.

Hier, unter den wachsamen Augen von Herrn Sch., können wir unsere bescheidenen Reitkenntnisse wesentlich erweitern. Herr Sch. lässt keinen Fehler durchgehen und keine Schlamperei gelten.

Wir mühen uns redlich, den korrekten Sitz, die richtige Fußhaltung, die Hilfen (sprich: Anweisungen) im rechten Augenblick sowie die Kunst der Zügelführung zu beherrschen. Und bei alledem muss einem Pferd auch noch klargemacht werden, wie und wohin es gehen soll, und das im Alleingang und nicht wie in den meisten Schulbetrieben nur im gleichbleibenden Trott der Abteilung hinterdrein. Und wir lernen – Manuela während einiger Stürze –, welche ungeheure Bedeutung der Knieschluss hat. Er allein kann verhindern, dass der Reiter in einer kritischen Situation, einem Buckler oder erschreckten Ausfall des Pferdes, einen Abgang macht. Ohne diese wirkungsvolle Saffiger Schule wären wir vermutlich niemals eigenständige Reiterinnen geworden.

Im Übrigen haben wir – wie kann es anders sein – wieder zahlreiche vierbeinige Freunde gewonnen, aber auch zu den Zweibeinern einen netten Kontakt. Uns gefällt die Atmosphäre in diesem Stall, in dem die Pferde sehr sorgsam betreut werden. Der dortige Stallmeister könnte zu seinen Kindern nicht liebevoller sein als zu den Vierbeinern.

Doch leider dauert diese glückliche Zeit für uns nicht lange. Schuld daran ist meine Wirbelsäule, die mir seit vielen Jahren Schwierigkeiten bereitet. Manchmal versuche ich, die Beschwerden einfach zu ignorieren, und das tue ich dann auch, als ich mir eines Tages die Mistgabel nehme und beim Ausmisten helfe. Leider bekommt mir diese körperliche Anstrengung so schlecht, dass ich danach für ein halbes Jahr nicht mehr ans Reiten denken kann. Diese Zeit ist bitter, zumal uns auch noch die Hiobsbotschaft erreicht, der Reitschulbetrieb im Saffiger Stall werde in Kürze eingestellt.

Wohin sollen wir gehen, wenn ich wieder aktiv sein kann? Manuela macht es keinen Spaß, in der Zwischenzeit alleine zu reiten. Am liebsten hat sie mich immer irgendwo im Gefolge. Und so verlieren wir, nicht ohne Bedauern, den Kontakt zu diesem Stall.

Versuchung „Cherry"

Die Jahreszeiten wechseln, und als es wieder Frühling wird, zieht es uns mit Macht zum Margarethenhof. Einige unserer vierbeinigen Freunde sind inzwischen verkauft worden, aber Cherry ist noch da.

Als mich eines Tages der Besitzer erblickt, kommt er mit den Worten auf mich zu: „Ich habe ein Pferdchen für Sie. Kommen Sie doch einmal mit." Und erneut führt er mich zu Cherrys Box.

Dieses Mal lässt der Besitzer nicht locker, Cherry wird in die Reithalle geführt und darf zeigen, wie viel Temperament sie besitzt. Cherry rast und springt und vollführt ein wahres Feuerwerk an Bock- und Galoppsprüngen. Mein Gefühl bei dieser Darbietung ist eher Unbehagen denn Begeisterung und das Wissen um mein Unvermögen, mit diesem jungen Übermut etwas anfangen zu können. Unsere bescheidenen Kenntnisse (Manuelas und meine) vom Reiten und von Pferden würden sicher nicht ausreichen, um ein junges Tier auszubilden.

Und dazu die Finanzierung. Unmöglich!

Meine Tochter ist im Begriff, sich eine eigene Wohnung einzurichten. Obwohl wir uns immer ganz prima verstehen und ergänzen, ist ihr Wunsch nach Selbständigkeit erwacht, und ich muss sie ziehen lassen. Einmal muss auch sie flügge werden. Dadurch verbietet es sich natürlich von selbst, auch nur einen einzigen Gedanken an ein eigenes Pferd zu verschwenden. Denn wenn wir uns das jemals hätten leisten können, dann nur gemeinsam. Aber diese Chance ist dahin.

Und da steht nun dieses kecke Pferdchen, inzwischen drei Jahre alt, ein wenig gewachsen und auch etwas breiter scheint es geworden zu sein. Seine Augen sind so lebhaft, wie ich sie in Erinnerung habe.

Manuela kommt zwar wieder häufiger mit zum Gestüt, findet auch die kleine Cherry ganz bezaubernd, stimmt aber absolut mit mir darin überein, dass jede Überlegung in dieser Richtung absolute Utopie sei. Sie will ihr Wohnungsprojekt nicht mehr aufgeben, auch nicht für ein eigenes Pferd.

Der kleine Diplomat

Wiederholt beobachten wir den Bereiter des Margarethenhofes bei seiner Arbeit. Es ist eine reine Freude, Fritz U. zuzuschauen und zuzuhören. Er verfügt über eine unnachahmliche Gabe, mit den jungen Pferden umzugehen und ihnen das Eingewöhnen in ihre Arbeit spielerisch so leicht wie möglich zu machen. Er ist der ausgeprägteste Diplomat, den ich je erlebt habe und der es versteht, einem Pferd klarzumachen, dass es eigentlich gerade selbst die Absicht hatte, in die von Fritz U. gewünschte Richtung zu gehen.

Bevor ein Pferd zur Arbeit in die Halle geführt wird, müssen seine Hufe gesäubert werden, damit der Stallmist sich nicht mit dem Hallenboden vermischt. Bei Jungtieren wird das oft zu einem Problem, bis sie sich an diese Prozedur gewöhnt haben.

Cherry weiß zuerst auch nicht, was sie davon halten soll, als sie aufgefordert wird: „Gib Fußchen, Cherry!" Indem Fritz U. seinem Wunsch durch leichtes Klopfen auf das zu hebende Bein Nachdruck verleiht, spricht er ruhig und freundlich weiter: „Nun gib mir schon dein Fußchen. Es passiert dir doch überhaupt nichts. Stell dich nicht so an, du dummes Pferd, und gib mir endlich das verdammte Bein!" Dabei kommen alle Worte in einem freundlich ruhigen Singsang, der auch seine Wirkung auf Cherry nicht verfehlt.

Wenn es denn sein muss – und Cherry kann sich beim besten Willen nicht vorstellen, was man von ihrem „Fußchen" will –, warum nicht! Ihr macht es nichts aus und weh tut es ja auch nicht. Anfangs beobachtet Cherry das Vorgehen ein wenig irritiert, aber später nur noch mit einer gewissen Lässigkeit. Von Fritz U. ist ihr niemals etwas Böses widerfahren, und darauf kann sie sich doch wohl auch weiterhin verlassen?

Wir schauen den beiden bei der Longenarbeit zu, und das ist wirklich ein Vergnügen. Cherry reagiert brav und folgsam auf alle Anweisungen, egal ob nun Schritt, Trab oder Galopp von ihr gefordert wird. Sie ist so rührend aufmerksam und lernbereit wie ein Hündchen. So viel Gutwilligkeit hätte ich nicht in ihr vermutet.

Am allerliebsten und ausgesprochen prompt befolgt Cherry die Aufforderung „Steh!", und zwar derart exakt, dass sie wie festgewachsen in der Halle steht. Und wenn dann zum Abschluss der Arbeit die Anweisung erfolgt: „Komm einmal her zu mir", und Cherry brav wie ein Lämmlein, Schritt für Schritt, zu ihrem Meister marschiert und mit erwartungsvollen Augen vor ihm stehen bleibt, bin ich restlos bezaubert. Das Grautierchen wird gebührend gelobt, und Fritz U. ist in dieser Beziehung sehr freigiebig: „Brav, Cherry, so bist du lieb. Du bist ja ein ganz ein braves Pferdchen. Ja, so kannst du bleiben, meine Kleine." Worte und Stimmlage sind wie Streicheleinheiten. Dann steht Cherry inmitten der Halle mit einem rührend zufriedenen und entspannten Gesichtsausdruck.

Gerade bei Jungpferden ist es so wichtig, dass sie niemals erschreckt oder überfordert werden, sondern dass man sie mit Ruhe, Geduld und Freundlichkeit an ihre Aufgaben heranführt und immer das rechte Maß für ihren Arbeitswillen findet. Und Fritz U. hat hierfür ein ausgeprägtes Gespür und achtet stets darauf, dass kein ihm anvertrautes junges Pferd die Lust an den Übungen verliert.

Nach getaner Arbeit kommt Cherry, dieser Racker, ganz selbstverständlich auf Manuela und mich zugetrottet, um sich aus der Halle führen zu lassen. Für sie ist dies inzwischen selbstverständlich, uns hingegen scheint diese Entwicklung etwas verfänglich zu werden. Wohin soll das führen?

Es beginnen sich bereits Gedanken einzunisten, wie zum Beispiel: Was wird einmal aus Cherry werden? Welch ein Mensch wird sie kaufen? Für einen Turnierreiter ist sie nicht großrahmig genug. Käme also ein Freizeitreiter oder ein Reitschulbetrieb infrage? An Letzteres will ich gar nicht denken. Denn wie ein Schulpferddasein beschaffen ist, habe ich erfahren müssen.

Als Zuchtstute kann Cherry, trotz der „Roten Papiere" nicht auf dem Gestüt bleiben. Ihrem Stockmaß fehlen vier Zentimeter. Cherry misst (bis zum Widerrist) 1,56 Meter. Die Mindestgröße, die eine Stute haben muss, um ins Stutbuch eingetragen zu werden, ist jedoch 1,60 Meter. Ansonsten wird, nach bestehenden Zuchtregeln, der Nachwuchs „wertlos", und das kann sich ein Gestüt nicht erlauben. Für derlei unsinnige Statuten werde ich zwar niemals Verständnis haben, aber sie sind nun einmal Fakt. Folglich wird Cherrys Verbleib auf dem Gestüt nur noch eine Frage der Zeit sein.

Schon fühle ich mich verantwortlich, und das ist ein verpflichtendes Gefühl, das ich fürchte.

Und Cherry, als ob sie etwas ahnt, wird täglich zutraulicher, beschnuppert meine Hände, schleckt sie inbrünstig ab, reibt ihren Kopf an meiner Schulter. Und was das Erstaunlichste ist: Sie beißt überhaupt nicht mehr.

Hin und her gerissen

Natürlich verfehlt Cherrys Verhalten nicht seine Wirkung auf uns. Und immer öfter taucht die alte Frage auf, die wir eigentlich längst verdrängt glauben: Könnten wir uns dieses Pferdchen vielleicht doch erlauben?

Fritz U. tut natürlich ein Übriges mit Überredungskünsten, doch überzeugender kann uns Cherry niemand machen, als sie es selber tut.

Cherry hat sich angewöhnt – soll sie durch die weit offen stehende Tür in die Halle geführt werden, und wir stehen beispielsweise daneben –, auf uns zuzugehen und nicht durch die Tür. Sie stupst uns ein paar Mal kräftig mit der Nase, bleibt auffordernd vor uns stehen, bis Fritz U. meint: „Nun tun Sie ihr schon den Gefallen und kommen Sie mit in die Halle.

Weiß dieser kleine Lauser, was er tut? Aber schon melden sich bei uns wieder die alten Bedenken, einmal wegen unserer Unerfahrenheit jungen Pferden gegenüber, die jedoch von Fritz U. immer wieder beiseite geräumt wird. Er verspricht uns seine Hilfe für den Fall, dass wir uns entschließen würden, Cherry zu kaufen.

Scheint sich also ein Problem zu lösen, bleibt „nur" noch das finanzielle. Erneut sind wir hin und her gerissen. Und Cherry, als ob sie unsere inneren Kämpfe spüren würde, zeigt sich nur noch von ihrer Schokoladenseite und dokumentiert durch ihr gesamtes Verhalten, dass sie zu uns gehört.

Und dann, eines Tages, kommt wirklich der gefürchtete Reitschulbetrieb und streckt seine Hände nach Cherry aus. Noch schlimmer, dieser „Reitschulbetrieb" besteht nur aus einer Ansammlung von Baracken. Jetzt müssen wir handeln, das steht fest. Cherry in einer derartigen Wildnis – das darf nicht geschehen. Dieses verwöhnte kleine Pferdchen, das in seinem Leben noch niemals schlechte Erfahrungen gemacht hat, soll in einem Schulbetrieb verschlissen werden? Der Gedanke ist uns unerträglich.

Das Angebot vom Big Boss

Der Besitzer des Gestüts, von seinen Angestellten respektvoll der „Big Boss" genannt, erweist sich in allem, was danach geschieht, ausgesprochen großzügig. Er macht uns das Angebot, wenn wir Cherry übernehmen wollen, brauchen wir im Augenblick nur eine geringe Anzahlung zu leisten und hätten die Möglichkeit, sie innerhalb eines Jahres abzuzahlen. Auch können wir es bestimmen, zu welchem Zeitpunkt dies beginnen soll.

Cherry auf Raten! Den Gedanken finde ich ungeheuerlich. Ich bin noch mit sehr festgefügten Begriffen erzogen worden und aufgewachsen. Dazu gehört auch, niemals Schulden zu machen. Man kauft sich nur etwas, wenn man es bezahlen kann. Aber dieses ist eine Möglichkeit, und zwar die einzige, Cherry vor dem Schulbetrieb zu bewahren und ihr zudem noch das gewohnte Umfeld zu erhalten.

Erneut wird Kriegsrat gehalten. Gesunder Menschenverstand kontra Gefühl. Und wir müssen uns immer wieder und ganz vernünftig sagen: Es wäre heller Wahnsinn! Unser Verdienst würde nicht reichen. Und gesetzt den Fall, es würde bei uns eines Tages (was der Himmel verhüten möge) etwas Lebensnotwendiges defekt sein, beispielsweise der Kühlschrank oder die Waschmaschine, gäbe das eine mittlere Katastrophe. Die Entscheidung setzt uns hart zu. Nein, es kann nicht sein. Haben wir alle Maßstäbe verloren? Es wäre bodenloser Leichtsinn.

Und plötzlich, eines Morgens – und eigentlich erwartet – klingt es aus Manuelas Bett: „Meinst du, wir sollten Cherry doch kaufen, Mutti? Denk doch einmal daran, wie sehr sie jetzt schon an uns hängt."

Die gleichen Gedanken haben mich natürlich auch beschäftigt, Tag und Nacht und noch einige mehr. „Manuela, wie sollen wir das schaffen? Es ist unmöglich", ist meine resignierte Antwort.

Aber dieses Mal lässt sie nicht locker: „Stell dir einmal vor, es würde Cherry so ergehen wie Aragon!" Das sitzt. „Mutti, wir können es schaffen, ganz bestimmt. Wenn wir uns überhaupt nichts mehr kaufen, auch am 15. des Monats (unserem Gehaltstag) keinen günstigen Pulli und kein preiswertes Blüschen mehr."

„O.k., leben wir nur noch für Cherry und mit Cherry." Der Familienrat hat's beschlossen.

Und dennoch, meine nagenden Zweifel bleiben – und die schlaflosen Nächte.

Zum Glück treffen wir längere Zeit nicht auf den Big Boss und brauchen vorerst keine verbindliche Zusage abzugeben. Wie es weitergehen soll? Ich weiß es nicht.

Und erneut stehen wir in Cherrys Box. Wieder beschnuppert sie uns eingehend mit ihren weichen Nüstern, wechselt von einer zur anderen, als wolle sie es mit keiner verderben. Dieses weiche Samtmäulchen in unseren Händen – kann man da noch widerstehen?

Für Cherry ist es ganz selbstverständlich, dass wir ständig bei ihr sind. Dass sie uns mit ihrem Leben verbunden hat, zeigt sie überdeutlich. Die Situation wird immer verfänglicher, und doch kann ich nicht ganz glücklich werden mit diesem Gedanken und unserem eventuellen Abenteuer. Das Ja zu Cherry fällt mir nicht leicht.

Ein denkwürdiger Tag

Und dann, an jenem denkwürdigen 3. Mai, gehört Cherry uns. Was für ein Augenblick! Für mich ist es noch immer unfassbar: Wir haben ja gesagt Und der Big Boss auch. Cherry ist unser Pferd.

Ich glaube, der Big Boss ahnt, trotz aller Bedenken unsererseits, was er uns mit Cherry gegeben hat. Aber die schlaflosen Nächte sind für mich noch nicht vorbei, bis ich mit dem Gedanken an die Finanzierung vertraut werde. Mir fehlt die Unbekümmertheit der Jugend, mit der meine Tochter die Sache angeht. Und was dann noch auf uns zukommt: ein Sattel, eine Trense, die Longe, Ausbindezügel zum Longieren, sämtliche Putz- und Pflegemittel … Zwar habe ich noch einiges von meinem Aragon, aber es muss unendlich viel dazugekauft werden. Unkosten über Unkosten. Der Hufschmied muss bestellt werden. Bleibt nur zu hoffen, dass wir in nächster Zeit nicht auch noch einen Tierarzt brauchen.

Für unsere Sommerferien haben wir Urlaub auf einem Reiterhof gebucht. Der wird natürlich ersatzlos gestrichen, einmal wegen der Kosten und zum anderen sind wir ja jetzt auf einem Reiterhof und stimmen darin überein, dass unser Pferd uns jeden Tag braucht. Wir wollen den Urlaub mit Cherry verleben, unser Miteinander genießen.

Merkwürdige Ratschläge

Man kann sagen, von nun an überrollen uns die Ereignisse Schlag auf Schlag. Als wir in den ersten Tagen zu unserer Cherry kommen, sind wir voller Glück und Überschwang. Wenn ich an diese Zeit zurückdenke, erscheint es mir, als hätte ich mich wie Alice im Wunderland gefühlt, von innen leuchtend. Und so etwas in einem nüchternen Pferdestall! Da können die alteingesessenen Pferdebesitzer nur lächeln. Wenn sie es wenigstens dabei belassen hätten.

Ich denke, Cherry ist mindestens so zufrieden wie wir, weil wir nun jeden Tag zu ihr kommen. Ihre Augen verraten, was sie empfindet. Anfangs spricht noch großes Erstaunen und Überraschung aus ihrem Blick, wenn wir schon wieder bei ihr sind. Wie sehr sie sich auf uns freut, verrät auch ihr zunächst noch etwas zögerndes Wiehern. Soll sie es nun wirklich glauben?

Wenn wir nun aber erwartet haben, mit unserem Pferd in Ruhe und Frieden leben und arbeiten zu können, ist dies zunächst ein Irrtum. So leicht würde man es uns nicht machen.

Es gibt derzeit auf dem Margarethenhof außer den gestütseigenen Pferden noch fünfzehn Pensionspferde und deren Besitzer. Das gute Einvernehmen zu allen Vierbeinern ist schnell hergestellt, doch unsere Erfahrungen mit den sogenannten „alten Hasen" (sprich: der „Reiterelite" des Stalles) gestaltet sich um einiges unerfreulicher. Man empfindet uns als Eindringlinge, lästig und überflüssig. Und dann noch unsere Art mit Cherry umzugehen! Wo sind wir denn hier?

„Unglaublich, Sie werden schon sehen, wie weit Sie damit kommen."

Und : „Ein Pferd muss angepackt werden, damit es weiß, wer hier der Herr ist."

Das hatte ich im Reitunterricht auch schon gelegentlich zu hören bekommen.

„Sie können doch nicht immer mit Ihrem Pferd spielen. Hauen Sie mal richtig drauf!"

So und ähnlich gehen die Kommentare weiter. Jeder kommt zunächst mit einem guten Rat, und jeder ist persönlich beleidigt, wenn wir ihn nicht auf der Stelle befolgen.

Nun haben wir gegen vernünftige sachliche oder fachliche Vorschläge absolut nichts einzuwenden – im Gegenteil. Jedoch sollte man uns schon zubilligen, die Vorschläge auf ihre Brauchbarkeit hin zu überprüfen und dann selber zu entscheiden, ob sie für uns annehmbar sind. Und was ich mir überhaupt nicht erklären kann: Eine regelrechte Welle der Feindseligkeit weht uns entgegen, die jeder Grundlage entbehrt. Ich frage mich manchmal in echter Verzweiflung, warum man uns nicht in Ruhe lassen kann, wenn wir doch selber niemandem etwas tun. Das altbekannte Sprichwort kommt mir in den Sinn: Es kann der Frömmste nicht in Frieden leben, wenn es dem bösen Nachbarn nicht gefällt.

Um objektiv zu bleiben, einige nette Reiterinnen gibt es hier schon, doch die Anzahl der unangenehmen Zeitgenossen ist leider größer. Dies ist der erste Wermutstropfen in unserem Kelch der Freude.

Und als uns später von einer Reiterkollegin überbracht wird, dass ein Mitglied der Herrenriege hämisch gefragt hätte: „Was wollen die beiden eigentlich hier? Suchen die einen Mann?", kann ich wirklich nicht mehr lachen.

Andererseits sind wir immer wieder entschädigt, wenn wir in die Stallgasse kommen und „Hallo Cherry" oder „Hallo Schätzelein" rufen, und unsere Kleine mit freudigem Wiehern antwortet.

Cherry ist für uns die „Kleine", weil sie im Stall tatsächlich zu den Kleinsten gehört mit ihren 1,56 Metern Stockmaß. Mit dieser Größe hätte sie auch niemals eine Chance, bei einem eventuellen späteren Turnier eine gute Plazierung zu bekommen. Leider werden bei derartigen Veranstaltungen meistens Größe und Eleganz eines Pferdes stärker gewertet, als die eigentliche Leistung. (Jetzt werden mich vermutlich die Turnierrichter steinigen, doch meiner Aussage mangelt es nicht an Beweisen.) Aber Turniere wollen wir niemals mit Cherry reiten, auch nicht, wenn sie eines Tages den dafür erforderlichen Ausbildungsstand hat. Und wie gelehrig und aufmerksam sie sein kann, haben wir ja erfahren. Wir wollen – und darin stimmen wir beide überein – ein zufriedenes ausgeglichenes Pferd und gemeinsame Freude, keine Turnierhektik. Eine gewisse Grundausbildung muss sein, denn reiten wollen wir Cherry ja, aber keine darüber hinausgehende.

In der Zwischenzeit habe ich alle einschlägigen Bücher über die Ausbildung junger Pferde studiert. Ich kenne die Lehren von Alois Podhajsky über die Gymnastizierung und Muskelbildung eines jungen Pferdes. Alois Podhajsky, der sich in der Zeit des 2. Weltkrieges um die Lippizaner und die Wiener Hofreitschule verdient gemacht und selber hervorragendes Pferdematerial herangebildet hat, ist mein großes Idol. Seine Methoden zur Ausbildung junger Pferde erscheinen mir die humansten und dennoch wirkungsvollsten zu sein. Denn in diesem Sinne arbeitet auch Fritz U., und der Erfolg gibt ihm Recht.

Wir haben nicht den Ehrgeiz, Cherry binnen kürzester Frist Wunder vollbringen zu lassen, nein! Wir wollen uns und ihr viel Zeit lassen und mit Geduld und Verständnis, Ausdauer und Nachsicht versuchen, Cherrys volles Vertrauen zu gewinnen und ganz behutsam darauf aufzubauen.

Zwar heißt es noch manchmal im Stall: „Warum haben Sie sich eigentlich kein richtiges Pferd gekauft?" Oder: „Haben Sie denn wirklich dieses kleine graue Wollknäuel gekauft?"

Manuela nimmt solcherlei Bemerkungen immer ganz persönlich übel. Sie fühlt sich hiervon mitbetroffen. Mir hingegen machen sie nichts aus, zumal der Herr, der uns unbedingt ein „richtiges" Pferd empfehlen will, mit einem solchen kläglich im Gelände versagt hat.

Cherry, mit ihrem kugelrunden Bauch, ist in ihren Proportionen ein bildhübsches Wesen, finden wir jedenfalls. Und den Babyspeck wird sie durch viel Bewegung und kontinuierliche Arbeit auch abtrainieren.

Im Übrigen ist Cherry von ihrer Abstammung her ein kerniges, widerstandsfähiges Pferd. Das hat der Big Boss uns versichert. Und Cherry beweist dies bei der nächsten Erkältungswelle im Stall. Während alles um sie herum hustet, bleibt unsere Dicke als Einzige gesund und munter.

Wir tasten uns langsam an Cherrys Leistungswillen heran, immer darauf bedacht, sie nicht zu überfordern, so dass sie nach getaner Arbeit noch munter und frisch in ihre Box zurückkehrt. Dabei bleibt es natürlich nicht aus, dass Cherry schon mal in jugendlichem Übermut ein wenig die Grenzen des Erlaubten überschreitet.

Am Anfang ist für sie ganz wichtig, welche weiteren Pferde sich in der Halle befinden. Während sie auf einige gelassen und freundlich reagiert, kann sie plötzlich mit angelegten Ohren davonpreschen, wenn ihr ein „Kollege" nicht recht zusagt. Cherry ist ein eigenwilliges Geschöpf, und das wird sie wohl auch bleiben.

Fritz U. hält sein Versprechen und hilft uns mit Rat und Tat bei der Arbeit. Cherry, an die Art seiner Anweisungen und an seine Stimme gewöhnt, benimmt sich vorbildlich. Wir longieren sie weiter so, wie wir es von ihm gelernt haben und sind immer wieder aufs Neue begeistert von unserem gescheiten, gutwilligen Pferd.

Nachdem Cherry über einen langen Zeitraum nur longiert wird, zuerst ganz behutsam nur mit einem lockeren Bauchgurt, wird als Erweiterung der Übung eine zusammengelegte Decke darunter geschoben. Cherry hat keine Einwände. Doch als nach einigen weiteren Tagen der erste Versuch mit einem Sattel gestartet wird, erschrickt Cherry über dieses schwere Ungetüm auf ihrem Rücken. Nachdem wir ihr begütigend zugeredet haben, akzeptiert sie die Neuerung und lässt sich bereitwillig durch die Halle führen. Danach wird sie wie immer longiert, und auch das geht ohne Schwierigkeiten, wie wir es von ihr gewöhnt sind, bis sie plötzlich in der Fensterscheibe des Reiterstübchens ihr Spiegelbild erblickt. Das ist zu viel!

Dieses Gebilde auf ihrem Rücken ist ja eine Zumutung. Sie rast davon, unter größtem Protest buckelnd und nach allen Seiten ausschlagend, um sich zu befreien. Es dauert ziemlich lange, bis wir sie einfangen und wieder beruhigen können. Aber Cherry gewöhnt sich auch an diese Art des Arbeitens relativ gut. Anfangs, wenn Manuela mit dem Sattel kommt, während ich sie am Trensenzügel festhalte, versucht Cherry ein paar Mal, sich diesem Monstrum zu entziehen, indem sie ein bisschen nichtsnutzig nach mir schnappt. Auf mein energisches: „Cherry, hör auf mit dem Unfug", reagiert sie mit lausbübischem Gesichtsausdruck.

Einen Augenblick ist sie friedlich, um kurz danach wieder nach meiner Hand zu schnappen. Dabei beißt sie natürlich nicht zu. Sie will nur ein wenig ablenken, auf ihre etwas derbe Art eine gewisse Unlust ausdrücken.

Nach getaner Arbeit darf unser Pferd sich in der Halle nach Herzenslust austoben und genießt dies mit Bucklern und übermütigen Sprüngen. Hat sie genug herumgetollt, kommt sie schnaubend und prustend zu uns in die Mitte der Halle und lässt sich loben und streicheln und noch ein wenig herumführen, bis ihr Fell wieder getrocknet ist. Denn Pferde, obgleich groß und kraftvoll, sind arg empfindlich in Bezug auf Erkältungen oder Zugluft.

Leider haben wir nicht oft das Glück, alleine in der Halle zu sein. Doch an den meisten Wochenenden gelingt uns das Timing schon.

Der Ton macht die Musik

Pferde reagieren ungemein sensibel auf die menschliche Stimme und sind für Lob oder Tadel sehr empfänglich.

Habe ich mit unserem kleinen Racker beispielsweise einmal schimpfen müssen, blickt Cherry leicht beleidigt geradeaus. Ist unsere Welt in Ordnung und ich sage ihr, dass sie ein ganz liebes Geschöpf sei, weiß sie augenblicklich, was gemeint ist, und hat einen gelösten und zufriedenen Ausdruck, was aber noch lange nicht bedeuten muss, dass sie nun auch brav und folgsam bleibt. Sie kann gelegentlich richtig nichtsnutzig sein.

So hat sie sich angewöhnt, den Kopf zu senken und sich vehement damit an den Beinen zu scheuern, sobald Manuela beginnen will, die Ausbindezügel zu befestigen. Diese Zügel, die rechts und links in der Trense eingehängt und seitlich am Bauchgurt befestigt werden, sollen dem Pferd die gewünschte Kopfneigung vorgeben. Es soll longiert werden, was ihr vollkommen klar ist, und sie versucht halt, noch ein wenig Zeit zu gewinnen.

Von Manuelas Seite ertönt sogleich ein energisches: „Cherry, Kopf hoch". Kaum hat sie diesen Befehl befolgt, will sie schon wieder ausweichen. Nun versuche ich die andere Methode: „Cherry, Köpfchen hoch. Komm meine Kleine, nun heb den Kopf." Natürlich begreift sie, dass es doch weitergehen wird, legt ihren Kopf ganz lieb in meine Armbeuge und lässt Manuela wirken.

Manuela ist die Energische und mit leichtem Widerstreben muss ich manchmal einsehen – dass sie es sein muss. Die Hauptlast liegt auf ihren Schultern, im wahrsten Sinne des Wortes, denn meine sind immer noch nicht in Ordnung. Es dauert nun schon beinahe ein halbes Jahr, dass ich mit meiner lädierten Wirbelsäule ziemlich vorsichtig umgehen muss. So haben wir uns bei der Arbeit mit Cherry eine Teilung zurechtgelegt. Während Manuela für die Longenarbeit und den Transport sämtlicher schwerer Gegenstände zuständig ist, übernehme ich Cherrys Hege und Pflege.

Der erste Ritt

Und dann kommt der Tag, an dem Cherry das erste Mal einen Reiter tragen soll. Fritz U. hat uns davon überzeugt, dass jetzt der Zeitpunkt gekommen sei. Er hat die Erfahrung und weiß, wovon er spricht. Wir sind äußerst gespannt auf Cherrys Verhalten.

Diese Premiere soll natürlich nicht ohne Fritz U. stattfinden, und er erklärt sich sogar bereit, es als Erster zu wagen. Und so geschieht es. Cherry ist einigermaßen erstaunt, als plötzlich etwas Schweres auf ihrem Rücken liegt. Fritz U. klopft ihr beständig den Hals und die Flanken und erzählt ihr in gewohnter Weise alle möglichen erfreulichen und begütigenden Dinge. Währenddessen angelt er nach dem zweiten Steigbügel und lässt sich ganz behutsam in den Sattel gleiten. Er fordert mich auf, Cherrys Zügel zu ergreifen und sie langsam im Kreis herumzuführen. Und unser „Krümel" – zwar noch etwas starr vor Erstaunen – setzt sich folgsam in Bewegung. Und bevor Cherry so recht weiß, was das eigentlich alles bedeutet, ist ihr Reiter bereits wieder abgestiegen.

Diese Übungen werden von nun an täglich ein wenig erweitert und verlängert. Und Cherry scheint sich ganz gut daran zu gewöhnen. Während Fritz U. sie an einem der nächsten Tage longiert, setzen Manuela und ich uns abwechselnd auf unser Pferd und beginnen im Schritt und Trab mit ihr zu reiten. Dabei passiert es schon mal, dass Cherry meint, jetzt sei es aber genug und durch Buckeln oder Davonstürmen das Lästige auf ihrem Rücken wieder loszuwerden versucht. Oder sie steckt ganz plötzlich ihren Kopf zwischen die Beine, macht einen runden Buckel, und wir dürfen sehen, wo wir bleiben. So ähnlich stelle ich mir den Sitz auf einem Rodeo-Pferd vor. Solche Augenblicke sind nicht angenehm, besonders dann nicht, wenn Cherry aus einem großen Tempo heraus derartigen Unfug treibt. Auch hat sie eine liebgewonnene Angewohnheit, in der Nähe der

Bandentür plötzlich „zu parken". Sie stemmt – gleichgültig aus welcher Gangart – die Beine fest in den Boden, wie eingerammt. In solchen Situationen rettet uns nur der Knieschluss und die Erkenntnis, dass man eine gewisse Unberechenbarkeit bei einem jungen Tier immer einkalkulieren muss.

Fritz U.'s Kommentare: „Jetzt ist das Benzin alle. Sie mag nicht mehr. Und auf geht's Cherry! Und treiben, treiben, da oben! Nicht einschlafen." Wenn dieser kleine Nichtsnutz sich dann wieder von uns überreden lässt, sich in Bewegung zu setzen, ist sie sich ihrer totalen Wichtigkeit ganz bewusst.

Und Fritz U. hat für jeden Erfolg oder Misserfolg seine Sprüche parat: „Na, also, langsam wird das Wieschen grün." Oder aber: „Das habe ich ja immer schon gesagt, das Pferd ist ein wildes Tier, das dem Menschen nach dem Leben trachtet."

Wer hat die meiste Angst

Als unsere Reiterfolge an der Longe einigermaßen gefestigt sind, Manuela sitzt an diesem Tag gerade auf unserem „wilden Tier", löst Fritz U. plötzlich die Longe. In der ersten Schrecksekunde weiß Manuela nicht, wie sie reagieren soll. Cherry ist bisher nur gewöhnt an dieser langen Leine im Kreis geführt zu werden.

Doch ganz rasch erfolgt die Anweisung: „Nun zeigen Sie einmal, was Sie können. Die Kleine macht schon den Rest. Und zeigen Sie Ihrem Pferd, wohin es gehen soll." Und zu mir gewandt meint er grinsend: „Jetzt würde ich gerne wissen, wer von den beiden die größte Angst hat, Pferd oder Reiterin?"

Mir schlottern beim Zuschauen schon die Knie, denn wieder ist nicht vorauszusehen, wie Cherry reagiert. Aber der Ritt verläuft sehr schön und ruhig. Die beiden reiten einige Runden, bis sie wieder in der Nähe des Kantinenfensters sind. In dessen Spiegelung hat Cherry ja schon einmal etwas Ungewohntes erblickt. Auch jetzt schaut sie neugierig hinein – und was sie da auf ihrem Rücken sieht, ist eine Zumutung.

Erschrecken und Davonrasen geschehen im Bruchteil einer Sekunde, begleitet von den gewohnten Bucklern und Galoppsprüngen. Das Ungetüm auf ihrem Rücken muss doch herunterzubekommen sein! Manuela gerät ins Rutschen, doch es gelingt ihr irgendwie, sich zu halten. Und als ob unser Tier sich plötzlich der Tragweite seines Handelns bewusst wird, rammt es die Vorderbeine wie Bremsklötze in den Boden – und steht. Cherry muss sich der kostbaren Last auf ihrem Rücken besonnen haben. Wir sind alle sehr gerührt über ihr Verhalten, und auch der erfahrene Fritz U. meint, Cherry hätte für ein junges Pferd ungewöhnlich verantwortungsbewusst gehandelt.

Natürlich wird unser Wildling beruhigt und über alle Maßen gelobt. Manuela sitzt rasch ab, befreit Cherry von dem lästigen Sattel und führt sie zur Beruhigung durch die Halle. Der Schrecken sitzt den beiden ganz gewaltig in den Gliedern.

Bisher ist Manuela bei ihren Reitversuchen nur zweimal unfreiwillig von Cherry heruntergekommen, und jedesmal war ein plötzliches Erschrecken die Ursache gewesen. Noch niemals hat Cherry aus Unmut oder gar Bösartigkeit versucht, uns abzusetzen, obwohl wir ihr in der ersten Zeit bestimmt oft recht lästig gewesen sind.

Spielstunde

Selbstverständlich haben wir allen unseren Bekannten von Cherry berichtet, so auch Reiterfreunden von der anderen Rheinseite, mit denen wir dort in der gleichen Abteilung geritten waren. Wir laden sie an einem Sonntag nachmittag zum Kennenlernen unseres Goldstücks ein.

An diesem Tag haben wir mit Cherry bereits morgens gearbeitet, am Nachmittag soll sie Freilauf in der Halle haben. Einem jungen Tier muss die Möglichkeit gegeben werden, sich zu recken und zu strecken, wie es ihm gefällt, um dadurch sein Gleichgewicht auszusteuern, so oft dies nur möglich ist.

Wir haben Glück, ein Reiter verlässt gerade die Halle und wir können mit Cherry hinein, nachdem sie gebührend bewundert und gestreichelt worden ist.

Manuela stellt sich in die Mitte der Halle, während unsere Besucher und ich uns unvernünftigerweise vor der Eingangstür, auf dem Hufschlag, postieren.

Cherry rast davon, springt voller Übermut in der Halle umher. Plötzlich galoppiert sie in rasendem Tempo auf dem Hufschlag heran. Zum Ausweichen ist es zu spät, unser Schreck ist riesig. Doch Cherry zieht einen Bogen um die Zuschauergruppe und gelangt hinter uns wieder auf dem Hufschlag an.

Ich, von ihrem Temperament und ihrer Umsicht hingerissen, rufe ganz leise: „Cherrylein, du bist ein Schatz." Und „Cherrylein" fühlt sich sofort angesprochen, stoppt unvermittelt ihren wilden Galopp, verliert die Balance, wirft sich, nur auf der Hinterhand stehend, herum und befindet sich im nächsten Augenblick über uns.

Wir sind vor Schreck erstarrt, bis ich die Fassung wiedergewinne und Cherry ganz ruhig zum Weiterlaufen auffordere. Als sie festgestellt hat, dass hier niemand mit ihr spielen will, lässt sie sich wieder auf alle vier Hufe nieder und trottet weiter. Augenblicklich sind wir hinter der Bande verschwunden.

Wir hatten eine Menge Schutzengel, und mir ist es wieder mal eine Warnung, die unkalkulierbaren Verhaltensweisen eines so jungen Tieres nicht außer Acht zu lassen.

Aber immer wenn Cherry in der Halle herumstromern darf, sucht sie nach einiger Zeit wieder Tuchfühlung. Sie kommt friedfertig auf uns zu, will gekrault werden. Hat sie genug, geht es in fröhlichen Sprüngen wieder davon.

Einige Male will ich sie ein wenig necken und verstecke mich hinter der Bandentür. Aber ganz schnell hat sie meine Witterung und steht aufgeregt schnaubend vor der geschlossenen Tür. Dabei ist ihr nicht ganz geheuer, dass sie mich zwar riechen, aber dennoch nicht sehen kann. Cherry ist erst wieder zufriedengestellt, als ich endlich aus der Unsichtbarkeit auftauche.

So sind inzwischen die ersten beiden Monate unseres Zusammenseins vergangen. An der Longe geht Cherry nach wie vor brav und folgsam, und auch an einen Reiter hat sie sich gewöhnt. Ein bisschen ungehalten kann sie manchmal reagieren, wenn der Sattelgurt nachgezogen wird. Sie findet das nicht angenehm und hebt zum Protest ein Vorderbein an, was in ihrer Sprache so viel bedeutet, wie: „Achtung, gleich trete ich, wenn damit nicht aufgehört wird." Dabei hat sie aber einen derart schuldbewussten Gesichtsausdruck, schaut sicherheitshalber auch nicht zu uns herüber – und prompt ertönt Manuelas übliche Zurechtweisung: „Cherry, hör auf!" Cherry setzt ihr Bein auf den Boden, blickt unbeteiligt geradeaus, um es im nächsten Augenblick erneut anzuwinkeln. Natürlich erklingt sogleich wieder die Stimme meiner Tochter: „Cherry, nein! Lass den Blödsinn."

Auf das Nein reagiert sie meistens ganz folgsam, denn seine Bedeutung kennt sie. Cherry hat natürlich nicht immer Lust zu gehorchen, wie es bei kleinen Kindern in ähnlichen Situationen auch der Fall ist; nur kann das bei einem Pferd, das seine Kräfte noch nicht kennt, schon zu gefährlichen Situationen führen.

Abenteuer

Alle unsere Bekannten und natürlich Menschen, die etwas von Pferden verstehen, haben uns in der Zwischenzeit immer wieder bestürmt, dieses abenteuerliche „Experiment Cherry" wieder rückgängig zu machen.

Nun lauten auch die Kommentare der Gutmeinenden: „Ihre geringen Erfahrungen … Das haben schon ganz andere versucht und sind gescheitert. Machen Sie sich nicht kaputt und geben Sie vorher das Pferd zurück."

Eine Ratgeberin meint: „Warum haben Sie sich kein fertig ausgebildetes Pferd gekauft, auf das Sie sich draufsetzen und losreiten können? Diese Mühe zahlt sich niemals aus!"

Doch seinerzeit war es uns ja nicht darum gegangen, irgendein Pferd zu kaufen. Es war Cherry und ihr Schicksal, dass uns überhaupt zu diesem Abenteuer bewogen hat. Und ich wage den Einwand: „Außerdem ist es sehr schön, ein junges Pferd an sich zu gewöhnen, gerade bevor irgend jemand seine Methoden angewandt hat, mit denen ich vielleicht nicht einverstanden wäre. Und Cherry hat das große Glück, dass sie in ihrem Dasein noch keine schlimmen Erfahrungen hat machen müssen und von daher noch ein gewisses Urvertrauen haben müsste."

Und erneut die Entgegnung: „Aber bedenken Sie doch, dass Ihnen die nötige Erfahrung fehlt." Diesem Argument kann ich mich zwar immer noch nicht verschließen. Aber ich vertraue auf Fritz U., der uns bisher geraten und geholfen hat.

Und dann, ausgerechnet zu einem Zeitpunkt, als die bewusste Ratgeberin in den Stall kommt, um sich von Cherrys Fortschritten zu überzeugen, hat diese ihren „schlechten Tag". Zum einen ist sie rossig und von daher unruhig und nervös; zum anderen behagen ihr die Zuschauer in dieser Situation schon überhaupt nicht. Ich habe oftmals festgestellt, dass Cherry etwas dagegen hat, beobachtet zu werden. Aber wir haben nicht mehr daran gedacht.

Und plötzlich – Cherry steht gesattelt in der Halle und Manuela will gerade aufsitzen – macht unser „Untier" einen unkontrollierten Satz nach vorn, reißt Manuela die Zügel aus der Hand und tobt davon. Alle unsere Versuche, diesen Irrwisch wieder einzufangen, schlagen fehl. Meine größte Not ist, Cherry könnte in den Zügel treten und stürzen. Ich mag gar nicht daran denken, was ihr zustoßen kann. Und dann – ein hässliches kurzes Reißgeräusch – ist sie in den Zügel gelatscht und hat ihn zerfetzt, ist aber gottlob nicht gestürzt. Und jetzt gehts – heißa – unbehindert weiter durch die Halle.

Bei aller Erleichterung, dass dem Pferd nichts geschehen ist, denke ich darüber nach, was eine neue Trense kostet und schaue zähneknirschend unserem Untier hinterher. Währenddessen verlässt unsere Besucherin kopfschüttelnd die Halle und ich kann ihr nur zerknirscht beipflichten, dass dieses Pferd heute wirklich unmöglich ist.

Und Cherry, dieser Strolch! Kaum hat sie registriert, dass wir wieder alleine sind, bleibt sie in einer Ecke der Halle stehen, äugt zu uns herüber und lässt sich friedfertig wieder einfangen. Manuela knüpft notdürftig die Zügel zusammen und schwingt sich auf unser Ross. Und siehe da, unsere liebe Kleine geht mustergültig und folgsam wie ein Lämmlein.

Liebesbeweis

Nach einer anderen Reitstunde meiner beiden Lieben ist unsere Dicke etwas feucht geworden. Auch Manuela macht einen abgespannten Eindruck, ihr Arbeitstag war nicht ganz angenehm, so dass ich mich rasch bereit erkläre, Cherry in der Halle herumzuführen, bis ihr Fell wieder trocken ist. Manuela nimmt Cherry den Sattel ab, verschwindet durch die Hallentür und ward nicht mehr gesehen. Wir zwei sind also alleine. Locker habe ich mir Cherrys Zügel über den Arm gelegt und lasse sie hinter mir her schlendern. Brav und folgsam trottet sie die ersten Runden, bis es ihr wohl zu langweilig wird.

Plötzlich, ich weiß nicht, wie mir geschieht, spüre ich Cherrys Vorderhuf auf meiner Schulter und einen riesigen Schatten neben mir. Ich schreie vor Entsetzen und stürze zu Boden, halte Cherrys Zügel eisern in der Hand und ziehe die Dicke mit hinunter. Ihr Huf kratzt über meinen Oberarm. Halb ungläubig liege ich ein Stückchen unter unserem Pferd und kann nur denken: Es ist einfach nicht wahr!

Cherry ist als Erste wieder auf den Beinen, schüttelt sich kräftig den Sand aus ihrem Fell und bleibt neben mir stehen. Sie hat ja nichts Böses tun wollen, nur in aller Unschuld ein bisschen mit mir spielen. Wahrscheinlich kann sie auch meine Reaktion, meinen Schrei, überhaupt nicht verstehen. Uns beiden ist nichts geschehen. Wieder müssen wir viele, viele Schutzengel gehabt haben.

Langsam ergreife ich Cherrys Zügel – irgendwann musste ich ihn wohl losgelassen haben – und führe unser Pferd mit weichen Knien aus der Halle. Bei ähnlichen Anlässen bin ich natürlich auf der Hut und beobachte ständig aus einem Augenwinkel heraus, was unser Krümel im Schilde führt. Doch ein wildes Tier, das dem Menschen nach dem Leben trachtet?

Verschiedene männliche Pferdebesitzer im Stall sind eben dieser Ansicht und äußern sie uns gegenüber: „Wenn Sie so weitermachen, setzt sich in vier Wochen keiner von Ihnen mehr auf das Pferd. Alles, was Sie machen, ist ja nur Spielerei. Sie sind einfach nicht hart genug!"

Sollten sie doch Recht behalten? Manchmal nagen schon die Zweifel, doch widerstrebt es mir trotz allem, unsere Cherry mit Härte zu behandeln. Manuela und ich sind immer noch der Ansicht, dass unsere Methode keine schlechte ist und dass unser Pferd niemals Angst vor uns haben sollte. Ich hoffe, dass wir damit nicht wirklich scheitern.

Doch da wir noch immer nicht auf die Warnungen der „Stallelite" hören wollen, wird diese endgültig sauer. Die Spannung im Stall nimmt zu. Unser Gruß wird nicht mehr zur Kenntnis genommen. Schließlich hat man lange genug auf einen Fehlschlag gewartet, und es muss endlich etwas geschehen, damit wir das Handtuch werfen. Leider kommt Fritz U. immer seltener in den Stall, so dass wir ihn kaum noch um einen Rat fragen können. Solange er mit seinen Kenntnissen und Erfahrungen hinter uns stand, ließ man uns gerade noch gewähren. Aber ganz alleine? Eine Vermessenheit!

Wir wollen Cherrys Persönlichkeit nicht zerstören, das Tier nicht zum Kadavergehorsam degradieren, knebeln oder unterjochen. Cherry ist noch sehr jung und die Reife setzt bei dieser Rasse später ein als bei anderen Zuchten. Ein Anglo-Araber sollte erst mit vier Jahren an den Ernst des Lebens herangeführt werden, während mit der Ausbildung anderer Jungpferde normalerweise schon im dritten Lebensjahr begonnen werden kann. Also hat Cherry ohnehin noch sehr viel Zeit. Sie darf noch spielen, wobei wir ihre Kraft natürlich einkalkulieren müssen. Auf jeden Fall haben wir noch viel Zeit und Geduld, und meine Tendenz geht generell immer zur Nachsicht und nicht zur Strenge.

Konfrontation

Und dann kommt der Abend, an dem unser „Lieblingsfeind" es ganz bewusst darauf anlegt, unser Pferd zu verunsichern und all unsere bisherige Arbeit in Frage zu stellen.

Er ist ein seltsamer Kauz, immer mürrisch und verschlossen, der sein Pferd erbarmungslos drangsaliert, dass es uns oft das Herz zerreißt. Schon die Art seines Reitens (sprich: Knebelns) ist mehr als umstritten, und dann selbstverständlich mit Ausbindezügeln, so dass sein Pferd keine Möglichkeit hat, den Kopf zu strecken beziehungsweise seiner Härte zu entgehen.

Dieser Mensch versucht eines Abends, während Manuela Cherry longiert, dreist in die Longe hineinzureiten. Wir sind zunächst wie erstarrt, aber unsere Cherry reagiert wunderbar. Anstatt erwartungsgemäß zu erschrecken und davonzurasen (vermutlich hätte sie für lange Zeit eine große Angst vor entgegenkommenden Pferden gehabt, und das zu erreichen, muss sein Ziel gewesen sein), tut sie nichts dergleichen.

Cherry, die inzwischen wohl doch ein großes Vertrauen zu uns hat, lässt sich sofort und ohne großes Aufheben von Manuela in den Kreis nehmen, um gleich darauf wieder friedlich weiterzutraben. Es ist noch einmal gut gegangen. Doch der Typ gibt nicht auf.

Das nächste Mal, nur kurze Zeit danach, versucht er Cherry und Manuela vom Hufschlag abzudrängen, als sie auf der linken Hand reiten, er ihnen entgegenkommt und selber hätte ausweichen müssen. Hierfür gibt es feste Bahnregeln.

Mir stockt fast der Atem, als ich seine Absicht erkenne. Aber Manuela hat gute Nerven und Cherrys Vertrauen. Auch sie weicht keinen Millimeter, und so muss letzten Endes er wohl oder übel ausweichen, zumal noch andere Reiter und Zuschauer in der Halle sind.

Aber jetzt platzt auch uns der Kragen. Derartige Rempeleien können gefährlich werden, und er wird es nicht bei diesen

Versuchen belassen. Aber wie können wir uns gegen weitere Übergriffe wehren? Die ganze Entwicklung bedauere ich sehr. Ich lebe gerne mit meiner Umwelt in Frieden und Harmonie, doch das wird immer illusorischer. Die Atmosphäre ist vergiftet, jetzt endgültig. Es wird in der kommenden Zeit so unerfreulich, dass ich nicht mehr in diesen Stall gehen mag und mir ernsthaft überlege, mit Cherry in einen anderen Reitstall überzusiedeln.

Doch Manuela kann sich mit diesem Gedanken nicht anfreunden. Einer ihrer Gründe heißt Dagmar, eine fast gleichaltrige Reiterin, mit der sie sich gut versteht. Und letztlich überwiegt meine Liebe zu Cherry und der Gedanke an ihr Wohlergehen. Denn natürlich will ich für sie das Beste, und das Beste weit und breit ist dieses Gestüt. Es ist eigentlich ein kleines Paradies für die Pferde. Eine so großzügige Anlage findet man im weiten Umkreis nicht: die Boxen geräumig und sauber, mit einer Selbsttränke versehen; der Stall selbst hell und luftig, ausgestattet mit einer Holzdecke, Ventilatoren etc. Und Cherry kennt sich hier aus. Hinzu kommt, dass keine vorgeschriebenen Hallenbenutzungszeiten festgelegt sind und wir zu jeder Zeit (bis 22 Uhr) reiten und im Stall sein können.

Darüber hinaus hat der Big Boss für den kommenden Sommer allen Pensionspferden eigene Weiden in Aussicht gestellt. Im Augenblick werden diese nur von seinen Zuchtstuten und Jungtieren genutzt. Aber ab dem nächsten Jahr werden es dann alle Vierbeiner noch schöner haben.

Ich bringe es nicht übers Herz, Cherry fortzunehmen. Wir müssen versuchen, uns nicht unterkriegen zu lassen. Der Big Boss hat vermutlich von derlei Unerfreulichem keine Ahnung, und wir wollen ihn vorerst auch nicht damit behelligen.

Zerwürfnis

Einen negativen Niederschlag hat die auf dem Gestüt veranstaltete Kreisstutenschau für uns. Er trifft uns von Fritz U.'s Seite. Aus Anlass der Vorbereitungen hat er sich mit dem Big Boss überworfen und ward von nun an nicht mehr auf dem Hof gesehen. Wir schauen ziemlich trübe drein bei dieser Aussicht. Er wird uns fehlen, das steht außer Frage. Eigentlich haben wir in der Zwischenzeit eigenständiges Arbeiten gelernt, doch so ganz ohne Rückhalt?

Doch alle diesbezüglichen Bedenken scheinen überflüssig zu sein. Unsere Cherry muss beschlossen haben, uns das Dasein nicht unnötig zu erschweren. Nach wie vor marschiert sie folgsam an der Longe, und auch beim Reiten gibt es keine Schwierigkeiten. Hin und wieder ein Buckler oder ein erschrecktes Davongaloppieren sind in der Norm – aber all das meistert Manuela ganz vorzüglich.

Ich setze mich gelegentlich im Schritt auf unser Pferd, wenn es nach getaner Arbeit trocken geritten werden muss, manchmal mit Sattel oder auch ohne. Denn auch ich möchte natürlich reiterlich eine gewisse Verbindung zu unserer Dicken aufbauen, wenn auch an eine systematische Arbeit bei mir noch lange nicht zu denken ist.

Gelegentlich longiere ich unser Krümel auf der rechten Hand, denn meine rechte Schulter kann eher mal einen Ruck vertragen als die immer noch schmerzende linke.

Dabei schaut Dagmar über den Rand der Bande zu, mit dem Kommentar: „Renate, ich würde mich an deiner Stelle schon mal von meinem rechten Daumen verabschieden. Wenn Cherry nämlich anzieht, ist er futsch." Und dank ihrer fachkundigen Hilfe lerne ich wieder ein Stück dazu.

Cherry nimmt bei der Longenarbeit vorbildlich die Hinterhand mit, d. h. sie tritt gut unter. Unser Glück, dass es mit ihr diesbezüglich keinerlei Probleme gibt. Hingegen wird es plötzlich zunehmend schwieriger, wenn die Longenarbeit beendet ist und Manuela reiten will. Cherry entwickelt eine Unart, die uns erschreckt. Sie will nicht mehr stehen bleiben, wenn Manuela aufsitzen will. Manchmal sehen diese Versuche schon bedrohlich nach einem Rodeo aus. Unsere Erleichterung ist immer groß, wenn es Manuela dann doch irgendwie gelingt, auf Cherrys Rücken zu landen. Auch beim Reiten ist sie von einer großen Unlust, schlägt mit dem Kopf und versucht sich immer häufiger der Zügelführung zu entziehen. Wir finden keine Erklärung für dieses veränderte Verhalten. Haben wir doch etwas Wesentliches falsch gemacht?

Wir haben immer noch Urlaub und viel Zeit für unser Tier. Darum probieren wir es wiederholt mit „Freispielen", ein Versuch, Cherrys bei guter Laune zu halten. Das ist natürlich ganz in ihrem Sinne, und sie hat sich ein neues Vergnügen ausgedacht: Hin und wieder fängt Cherry an, den Hallenboden zu beschnuppern, scharrt wie ein kleiner Hund mit dem Vorderbein im Sand, und knickt – wenn er ihr zusagt und sauber ist – mit behaglichem Stöhnen in den Knien ein und rollt sich ausgiebig. Gleiches veranstaltet sie auch, wenn frisches Stroh in ihre Box gebracht wird. Das ist für sie immer ein Riesenspaß.

In der Urlaubszeit haben wir auch begonnen, mit Cavalettis zu arbeiten, das sind Stangen, die auf den Boden gelegt werden. Und hier benimmt sich Cherry wieder mustergültig. Zunächst versuchen wir, sie im Schritt über dieses flach auf dem Boden liegende Hindernis hinüberzuführen. Cherry blickt voller Misstrauen nach diesem unbekannten Gebilde, folgt uns jedoch willig bis nahe daran. Zuerst hat es den Anschein, dass sie in aller Unbekümmertheit hinübersteigen will, doch sie besinnt sich eines anderen. Die Vorderbeine sind plötzlich wieder zu den bewussten Bremsklötzen geworden. Aufgeregt schnuppert sie an dem Stück Holz herum und versucht es anzuknabbern. Das ist jedoch nicht der Sinn der Übung. Sie soll ihr vielmehr vermitteln, dass man zum Beispiel im Gelände, wenn zufällig ein Ast auf dem Boden liegt, nicht davor zurückweichen muss, sondern dass es möglich ist, über derartige

Hindernisse hinwegzusteigen oder zu springen. Wie aber können wir Cherry das klarmachen? Mit Gewalt soll es auf keinen Fall geschehen.

Ich habe einmal in dieser Halle beobachtet, wie ein junges Pferd, das vor den Cavalettis scheute, hinübergeprügelt wurde. Diese Methode zeigte zwar Wirkung; wir hingegen möchten unser Pferd lieber überreden.

Und ich finde eine Lösung: Ich baue auf Cherrys Vertrauen und auf ihr Wissen darum, dass wir noch niemals etwas von ihr verlangt haben, das ihr geschadet hat. Zuerst zeige ich unserem Pferd nun, dass ich ganz unbeschadet selber über diese Stange hinübergehen kann, ohne dass mir etwas zustößt. Auf der anderen Seite angekommen, locke ich Cherry herüber. Und wieder nimmt sie einen Anlauf, versucht ihre Abneigung zu überwinden, doch nach erneutem Zögern bleibt sie auf der anderen Seite stehen, unwillig schnaubend. Zur Unterstützung meiner Überzeugungskraft hole ich ein Stückchen Zucker aus der Tasche. Manuela versucht sie hinüberzuführen, und unsere Dicke kann nun nicht widerstehen. Ein kurzes Verhalten nur – und dann ein Satz. Sie hat es geschafft. Wie wird sie gelobt und belohnt, und wie stolz lässt sie sich von uns weiterführen. Diese Übung haben wir noch häufig wiederholt, auch ganz allmählich die Höhe der Cavalettis verändert, und Cherry hat niemals mehr Angst vor ihnen. Manchmal ein kurzes Zögern, dann das Erinnern, und es ist geschafft.

Ähnlich verhält es sich mit unserem ersten Spaziergang im Freien. Seit nunmehr einem Dreivierteljahr ist Cherry nur ihre Box und die Reithalle gewöhnt. Sie weiß gar nicht mehr, wie es draußen ausschaut; und mit gemischten Gefühlen gehen wir diesen ersten Ausflug an. Unser Tier braucht frische Luft, wir müssen es wagen.

Und wie wir befürchtet haben, gibt es rein gar nichts, worüber Cherry sich nicht aufregen und erschrecken muss. Jedes vorbeifahrende Auto empfindet sie als furchterregend, von Mopeds und Traktoren ganz zu schweigen. Bewegt der Wind die Blätter in den Bäumen, ist dies für Cherry Anlass genug, ein paar unkontrollierte Sprünge zu vollführen. Sie tänzelt aufgeregt um uns herum, ist ungeheuer nervös und hat wohl die Erinnerung an ihre Weidezeit und alles, was sie von daher kennt, völlig vergessen. Hier draußen ist ihr nichts geheuer, und wir müssen ständig auf der Hut sein, dass sie nicht auf uns springt oder davonstürmt. Beides könnte schlimme Folgen haben.

Manuela erzählt Dagmar von unseren Nöten. Und Dagmar, für die es keine Gefahr zu geben scheint, verspricht uns ihren Beistand für den nächsten Ausgang. An diesem beabsichtigen wir, Cherry durch eine kleine Pappelallee zu führen, die zwischen zwei Gebäuden vom Hof herunterführt und in einen Hohlweg mündet. Auf beiden Seiten des schmalen Weges befinden sich Koppeln. Auf der einen sind die Schafe, auf der anderen eine Schar flatternder und schnatternder Gänse. Und zu allem Überfluss kommen auf der anschließenden Koppel noch die Junghengste angestürmt. Das ist zu viel!

Unsere Herzen flattern schon bedenklich – und dann erst Cherrys! Doch in dem Augenblick beginnender Panik ergreift Dagmar Cherrys Zügel. Und während Cherry gerade ihren Schweif kerzengerade in die Höhe stellt (bei ihr das Zeichen äußerster Erregung und ein Signal zum Davonstürmen), klingt Dagmars energische Stimme: „Stell' dich nicht so an. Zum Aufregen hast du überhaupt keinen Grund. Hier gehst du weiter. Die anderen Tiere kennst du alle. Also Marsch, voran!" Und Cherry geht.

Danach versuchen wir diese Ausflüge alleine mit ihr zu unternehmen, und außer einigen Schrecksekunden verlaufen sie gut. Und auch Cherry wird langsam mutiger.

Einmal kann ich sie und Manuela nicht begleiten und meine Tochter macht sich mit unserem Pferd alleine auf den Weg. Die Beiden sind bereits aus dem Hohlweg herausgekommen und wollen an einer offenstehenden Weide vorübergehen, als ihnen ein Traktor mit großer Geschwindigkeit entgegenkommt.

Während Cherry zusammenzuckt und Manuela überlegt, wohin sie ausweichen kann, hat der Fahrer sie erblickt und beginnt freundlich und entnervend zu hupen. Cherry dreht durch.

Mit einem gewaltigen Satz nach vorn reißt sie Manuela die Zügel aus der Hand und rast – der Himmel muss es so gefügt haben – direkt auf die Weide zu. Dem Traktorfahrer bereitet das offensichtlich eine kindliche Freude, denn unvermindert setzt er sein Hupkonzert fort. Manuela sieht Cherry dahingaloppieren, denkt an die verfänglichen Zügel, in die sie treten und stürzen kann, reagiert im Bruchteil einer Sekunde und brüllt: „Cherry, steh!" Und das Unglaubliche geschieht. Cherry – eingedenk des bekannten Kommandos – bleibt verdattert und wie angewurzelt stehen. Augenblicklich ist Manuela bei ihr und hat die Zügel ergriffen.

Machtkampf oder pubertäre Phase?

Durch die Vermittlung von Fritz U. haben wir für Cherry „günstig" einen Sattel kaufen können, gebraucht und für 500 DM, inklusive Zubehör, wie Sattelgurt, Satteldecke und Steigbügel. Das hat uns erleichtert, denn ein neuer Sattel ist nicht unter 1000 DM zu bekommen.

Bisher haben wir noch einen Gestütssattel benutzen dürfen. Und fachmännisch ist uns versichert worden, dass dieser alte Sattel unserem Pferd vorzüglich passe, und das haben wir geglaubt.

Inzwischen stellen wir fest, dass der Sattel unserem Pferd viel zu groß ist, ständig nach vorn rutscht und ihm manchmal beinahe auf den Ohren hängt. Doch man beruhigt uns, Cherry wäre ja noch nicht ausgewachsen, habe auch noch keine ordentliche Sattellage und keinen ausgeprägten Widerrist; und im Laufe der nächsten Zeit würde sich das bessern. Doch es ändert sich nichts – im Gegenteil. An den Stellen, an denen der Sattel aufliegt, stellen sich Cherrys Haare hoch und es ist zu befürchten, dass sie Satteldruck bekommt.

Als zufällig an einem Nachmittag ein Sattler auf dem Hof ist, um alle Defekte wieder in Ordnung zu bringen, fragen wir ihn um Rat. Und er macht uns die betrübliche Eröffnung, dass dieser Sattel unserer Cherry niemals passen werde und dass er sich aufgrund seines Fabrikats auch nicht umarbeiten oder biegen lasse.

Der Sattler meint: „Werfen Sie ihn weg; mehr ist er nicht wert. Oder versuchen Sie einen Haflinger zu finden; dem könnte er passen. Für jedes andere Pferd ist er ungeeignet."

Somit sind 500 DM in den Sand gesetzt. Das ist ein harter Schlag für uns. Aber was hilft's, Cherry braucht einen Sattel, und wir bestellen ihn direkt. Natürlich soll er möglichst preiswert sein. In vierzehn Tagen will der Sattler ihn liefern.

Und genau in diese fragliche Zeit fallen unsere ersten großen Schwierigkeiten, ja, man kann von einem Rückschlag sprechen, mit unserem „Untier" und unsere Zweifel, ob wir bisher auch wirklich die richtige Methode bei ihrer Ausbildung angewandt haben.

Ist Cherry übermütig geworden, weil sie meint, unsere Gutmütigkeit als Schwäche ausnutzen zu können? Was geht plötzlich in diesem Tier vor? Dieser Dragoner legt es immer häufiger auf einen Machtkampf an. Ihr Dickkopf wird ständig unbeugsamer und bringt meine Tochter oft in echte Verzweiflung. Zwar gibt es nach wie vor an der Longe keine Schwierigkeiten, aber vom Gerittenwerden will Cherry nichts mehr wissen.

Die üblichen Kommentare: „Das kommt doch nur von eurem Spielen! Der sticht der Hafer. Die weiß vor Übermut und Kraft nicht, was sie anstellen soll. Das Einzige, was hier noch helfen kann, ist eine harte Schule!"

Sollte dies wirklich so sein? Wir wissen wieder einmal nicht mehr weiter. Und Cherry entwickelt sich in diesem Sinne fort. Sie lässt Manuela kaum noch aufsitzen. Das Nachgurten des Sattelgurtes während des Reitens kann man sowieso vergessen. Cherry stürmt bereits davon, kaum dass Manuela den Fuß im Steigbügel hat. Sie buckelt wieder häufiger und versucht sich dem Zügel zu entziehen, indem sie den Kopf hochreißt und ihre Reiterin regelrecht „verhungern" lässt.

In dieser heißen Phase kommt der Sattler mit seinen Probesätteln. Der passende Sattel soll bei einem Ritt erprobt werden. Manuela versucht, unser „Untier" zu reiten und Cherry tut alles Erdenkliche, sie daran zu hindern. Vor Publikum produziert sie sich niemals gern, und jetzt zeigt sie so ziemlich alle Unarten, zu denen sie fähig ist.

Der Sattler, selber aus einem Reitstall kommend, versucht es mit Anweisungen, die jedoch nur Manuela gewillt ist zu befolgen, Cherry nicht. Worauf der Sattler endlich meint: „Dieses Pferd ist nichts für euch. Wollt ihr euch nicht überlegen, lieber den Gaul zu verkaufen, bevor ihr euch einen Sattel anschafft?"

Aber wir sind trotz allem nicht zu bekehren und hoffen, aus dieser Krise irgendwie herauszukommen. Doch er sieht das anders: „Das ist kein Pferd. Das ist eine Rakete! Und ihr beide schafft das niemals." Dann nimmt er allen Mut zusammen und besteigt selber „diese Rakete", um nach einem sehr kurzen Ritt entsetzt wieder abzusteigen.

Wir wissen natürlich, dass wir im Moment dringend Hilfe brauchen. Aber woher nehmen? Der neue Sattel ist schon ein finanzieller Tiefschlag – und dazu dieses ungebärdige Pferd.

Und dann kommt der schlimmste Tag in Manuelas Reiterleben. Cherry versprüht ein ganzes Feuerwerk an unkontrollierter Wildheit und Ungehorsams. Neben den üblichen Bucklern versucht sie zu steigen (eine Unart, die wir vorher nicht an ihr kannten), galoppiert wie wahnsinnig davon, den Kopf nach oben gerissen und jeder Zügelführung entzogen. Manuela kann nichts mehr ausrichten. Sie ist dieser dahinrasenden Rakete vollkommen ausgeliefert. Und wir hoffen beide verzweifelt, dass Cherry irgendwann einmal müde wird und aufgibt. Als sie dann endlich stehen bleibt, sitzt Manuela ab und ist völlig erledigt. „Ich kann nicht mehr, und ich will auch nicht mehr", ist alles, was sie herausbringt.

Es gibt nur noch eine Rettung: Fritz U. Ich rufe ihn an, und er verspricht zu kommen.

Es hat sich in Windeseile auf dem Margarethenhof verbreitet: „Die kommen mit Cherry nicht mehr zurecht. Heute abend wird sie fertig gemacht. Es wird Blut fließen."

Am Abend, als wir uns, wie mit Fritz U. vereinbart, auf dem Hof einfinden, ist die Halle voller neugieriger „blutrünstiger" Zuschauer. Man wartet voller Spannung und Schadenfreude, was nun wohl mit Cherry geschehen wird.

Fritz U. hat Dagmar gebeten, Cherry nach seinen Anweisungen zu reiten. Dagmar hatte öfter beim Einreiten der jungen Pferde geholfen und sehr viel Erfahrung.

Sie selber geht mit innerem Vorbehalt an unser Tier heran. Sie misstraut Cherry, und das aus gutem Grund. Denn bereits einmal hatte Cherry sich bei einem Reitversuch Dagmars durch einen Buckler ihrer Reiterin entledigt. Seinerzeit hatte Dagmar Cherry unterschätzt und kommt nun mit dem festen Willen, sich nichts mehr gefallen zu lassen.

Cherry wird von ihr vor dem Ritt longiert und das mit harter Hand. Sie begreift ihre Welt nicht mehr. Dagmar will sie mit Schlaufzügel reiten, dessen Gebrauch wir bisher abgelehnt und verpönt haben. Durch den Schlaufzügel hat der Reiter die Gewalt, den Kopf des Pferdes unten zu halten. Es gibt nun kein Entrinnen für Cherry.

Obwohl uns diese harte Prüfung, durch die Cherrys Verrücktheit eingedämmt werden soll, sehr weh tut, sind wir Dagmar dankbar für ihren selbstlosen Einsatz. Und der Erfolg gibt ihr Recht. Zwar darf sie lange Zeit nicht mehr in die Nähe unseres Pferdes kommen, Cherry weicht sofort zurück. Doch unser kleiner Übermut hat einiges begriffen.

Noch an den darauf folgenden Tagen ist unser Pferd verstört, doch weiß es nun, dass es nicht nur seinen Kopf durchsetzen kann. Wir haben wieder ein folgsames Tier, das sich ohne Wenn und Aber reiten lässt. Es ist, als hätte man ein trotziges kleines Kind in seine Grenzen verwiesen, die es hat akzeptieren müssen. Nur Liebe allein scheint doch manchmal nicht ausreichend zu sein. Und so recht auf ihre Kosten ist die Zuschauermeute dennoch nicht gekommen.

Von nun an muss viel getan werden, um wieder eine Vertrauensbasis herzustellen. Und es klappt langsam, Schritt für Schritt. Nach einigen Tagen hat unser Pferd bereits wieder ein bisschen Nichtsnutzigkeit im Programm, doch richtig ungenießbar ist sie seitdem nicht wieder gewesen. Wir können es wagen, wieder zu unserer ruhig-freundlichen Arbeitsmethode zurückzukehren. Unser dickköpfiges Pferd ist zugänglicher denn je. Auf den knebelnden Schlaufzügel verzichten wir jedoch weiterhin. Er übt einen so erbarmungslosen Zwang aus, von der Trense unter der Pferdebrust zum Sattelgurt hindurch geführt, zwingt er den Kopf des Pferdes hinunter. Nein, diese Methode kommt für uns nicht in Frage.

Neue Freundschaft

Von nun an geht es aufwärts, und es beginnt eine richtig glückliche Zeit mit unserer Cherry. Nie mehr nutzt unser kleines „Untier" unsere Arbeitsweise aus.

Inzwischen haben wir Cherry ein halbes Jahr. Während wir in den ersten Monaten manchmal nicht mehr wussten, wie wir allen unseren Pflichten gerecht werden sollten – denn Cherry erfordert sehr viel Zeit –, ist es mittlerweile so, dass wir uns gar nicht mehr vorstellen können, unsere Dicke etwa einen Tag nicht zu sehen.

Wir haben uns auf diesen neuen Rhythmus eingestellt: Nach unserem Acht-Stunden-Arbeitstag, wird daheim rasch etwas gegessen, dann in die Reitkleidung gestiegen und ab geht's in den Stall. Lästig ist dabei nur, dass man gelegentlich nicht umhin kann, Lebensmittel einzukaufen, Essen zu kochen, die Wohnung zu putzen oder Wäsche zu waschen. Aber das alles funktioniert inzwischen wie am Schnürchen, denn schließlich ist ja nicht nur das Pferd ein Gewohnheitstier ...

Cherry ist zum unumstrittenen Mittelpunkt unseres Lebens geworden. Besonders mir bedeutet es unendlich viel, nach einem manchmal recht unangenehmen und stressigen Arbeitstag Cherrys Zuneigung zu spüren und für dieses Geschöpf sorgen zu können. Etwas schwieriger gestaltet sich der bis dahin sehr freundschaftliche Kontakt zu lieben Bekannten. Es ist einfach keine Minute mehr verfügbar. Aber die meisten kommen in den Stall, meine Freundin Helga sogar an meinem Geburtstag mit einem großen Blumenstrauß, an dem Cherry unbedingt knabbern will.

Auf dem Gestüt selbst haben sich mittlerweile sehr nette, kameradschaftliche Beziehungen angebahnt. Besonders Wallo und Anne sind uns, von ihrer Art mit Tieren umzugehen, am ähnlichsten.

Die Stute Dunja gehört Wallo seit über zehn Jahren, und die beiden sind unwahrscheinlich vertraut miteinander. Wird Dunja draußen auf dem Hof geputzt, braucht Wallo sie selbstverständlich nicht anzubinden. Sie weicht keinen Millimeter von dem ihr angewiesenen Platz. Allerdings hat sie eine liebenswerte Unart, nämlich die Hengste des Gestüts zu ärgern. Ganz plötzlich setzt Dunja sich, ohne jede Vorwarnung in Bewegung, hübsch langsam und gemütlich, wie es einer älteren Dame zukommt, und marschiert in Richtung Hengstboxen davon. Hier bleibt sie ebenso gelassen stehen und scheint gar nicht zu begreifen, warum die Hengste sich so offensichtlich erregen. Und Dunja, die sonst stets auf Wallos Wünsche reagiert, bleibt wie angewachsen stehen und alles Rufen ist vergeblich: „Dunja, komm her, du schamloses Weib. Mach die Hengste nicht verrückt. Ja, schämst du dich überhaupt nicht für dein Benehmen?" Dunja schaltet auf stur. Wallo muss sie schon persönlich holen.

Spaßig ist es auch, wenn Dunja weiden geht. Wallo bringt sie auf den schmalen Pappelweg zwischen den Koppeln: Nachdem Wallo ihr Pferd auf den Weg geführt hat, kommt sie sogleich wieder auf den Hof zurück.

Auf meine erstaunte Frage: „Kannst du Dunja da draußen alleine lassen?", erfolgt Wallos gemütliche Rückfrage: „Warum denn nicht?" Und ich: „Sie könnte doch weglaufen. Meine Güte, bist du leichtsinnig."

Aber Wallo weiß, was sie von Dunja erwarten kann. Sie ist derart zuverlässig, dass sie eigenständig nach beendeter Mahlzeit seelenruhig über den Hof zurücktrottet und in ihrer Box verschwindet. Es funktioniert immer und überrascht uns nicht schlecht.

Wir fragen uns, ob unser Cherry-Tier eines Tages wohl auch so vernünftig sein wird? Aber bis dahin ist es wohl noch ein weiter Weg.

Dunjas Box befindet sich nicht im Stall der Pensionspferde, sondern in einem Nebengebäude. Um diese Box hat Wallo gekämpft. Die Box hat eine Öffnung zum Hof und eine zweigeteilte Tür, deren unterer Teil geschlossen ist, während die obere Hälfte zur Seite geklappt werden kann. So hat Dunja einen Überblick über den gesamten Hof.

Uns kennt sie natürlich auch schon, denn wir können nicht widerstehen, sie zu besuchen, wenn wir den großen braunen Kopf in der Türöffnung erblicken. Und Dunja weiß sehr bald, dass wir niemals mit leeren Händen kommen.

Wenn wir spätabends den Hof verlassen wollen, unseren Sattel und das Zaumzeug haben wir in der Sattelkammer verstaut, uns auch von unserem Krümel verabschiedet, sind zum Auto gegangen und haben die Tür geöffnet, spätestens dann kommt ein verhaltenes dunkles Wiehern aus Dunjas Box. Es hilft nichts, wir müssen noch einmal zurück. Dunja bemerkt uns immer, auch wenn sie nicht zu sehen ist und wir annehmen, sie würde schlafen – sie ruft uns jedes Mal.

Unser Krümel hat es gefühlsmäßig eigentlich schwerer als die anderen Pferde. Cherry muss ihre Zuneigung stets gerecht auf uns beide verteilen und tut das ganz gewissenhaft. Ist eine von uns in ihrer Box zur Schmusestunde und sie hört die andere durch die Stallgasse kommen, spitzen sich sofort ihre Ohren voller Aufmerksamkeit und sie wartet auf ihr zweites Frauchen.

Unser kleiner Fratz kann manchmal richtig liebevoll sein. Sehr gern wühlt sie in Manuelas langen Haaren, bis sie schließlich voller Inbrunst ihren Kopf an Manuela reibt. Bei mir hat sie in dieser Hinsicht nicht so viel Glück, denn ich trage meine Haare kurz, da lässt es sich nicht drin wühlen. Doch unser Tier weiß eine Lösung: Als Ersatz schnappt es sich meine jeweilige Kapuze und zottelt damit herum. Hat sie auch davon genug, tastet sie sich manchmal ganz vorsichtig an mein Gesicht heran, sehr behutsam, bis sie mit ihren weichen Samtlippen mein Ohr erreicht hat und prüfend darübergleitet. Manchmal habe ich dabei den angstvollen Gedanken: Wenn Cherry jetzt aus Versehen zubeißt, ist mein Ohr dahin. Doch Pferde sind ja Vegetarier. Und so etwas tut Cherry nicht, bei all ihrer Raubeinigkeit.

Ein Tier kann sich nicht freuen

Seitdem Cherry zu uns gehört, ist sie ein wenig heller geworden, zu unserem Bedauern. Uns gefiel ihr dunkelgraues Seidenfell, und im Übrigen war es pflegeleicht. An verschiedenen Stellen ihres Fells zeigen sich plötzlich rostfarbene Tupfen, ein Erbe ihrer Mutter Cortina, die man als Stichschimmel bezeichnet. Diese ist beinahe weiß und total mit „Rostflecken" gesprenkelt. Es ist anzunehmen, dass Cherrys Farbe sich auch einmal verändern wird. Sie sorgt auf jeden Fall nach einem jeden Fellwechsel im Frühjahr und Herbst für neue Überraschungen. Cherrys Mutter Cortina lebt immer noch auf dem Gestüt und hat derzeit ein übermütiges kleines Hengstfohlen, das wir Kurtchen nennen.

Auch Cherrys Vater erfreut sich hier eines sehr schönen Lebens. Champagner ist das Lieblingspferd vom Big Boss, ein weißer Anglo-Araber-Hengst. Auch er hat Cherry einige seiner Eigenheiten vererbt, wie wir wiederholt beobachten können, zum Beispiel die gleiche Abneigung gegen Wasser, und die Veranlagung, den Schweif kerzengerade in die Höhe zu stellen, wenn etwas sie erschreckt. So kann man bei Cherry nicht nur von der Stellung der Ohren ableiten, in welcher Verfassung sie sich befindet, sondern auch von der Stellung ihres Schweifs. Und beiden Pferden ist gemeinsam, sich erst in ihren Boxen zu wälzen, wenn diese frisch eingestreut sind. In eine schmutzige Box legt Cherry sich grundsätzlich nicht hinein.

Einmal beobachten wir, als sie gerade eine Ladung frischen Strohs bekommt und beginnt vergnügt darin zu wühlen, dass sie plötzlich ein tierisches Bedürfnis hat. Sie muss äpfeln. Und nicht nur wir sind entrüstet, dass die saubere Box jetzt verunreinigt ist, auch Cherry blickt vorwurfsvoll zu dem Haufen hinüber, dann wieder zu uns. Mit anderen Worten: Seid so nett und räumt diesen Kram hier fort! Und so geschieht's.

Das Pferd unseres „Lieblingsfeindes" steht Cherrys Box gegenüber. Dieser Mensch ist nach wie vor durch nichts davon abzubringen, dass seine Methoden die einzig richtigen sind. Ich will nicht im Einzelnen erzählen, wie oft er sein Pferd schweißnass in die Box gestellt hat, ohne sich noch einmal nach ihm umzuschauen oder etwa sein Fell trockenzureiben. Ein anderes Mal hat dieses Pferd bei größter Sommerhitze so lange springen müssen, bis es einen Hitzschlag bekam. Aber auch das rührt ihn nicht, während der Big Boss schon mal vorsichtige Kritik angebracht hat.

Wir haben leider auch keine Möglichkeit, daran etwas zu ändern, obwohl es uns weh tut. Und ich frage mich oft verzweifelt, ob dieser Mann zu keiner menschlichen Regung wie Mitgefühl oder Erbarmen mit einer geschundenen Kreatur fähig ist. Es ist überaus deprimierend, dass sich ein jeder, egal ob gut oder böse, wenn er über genügend Kapitel verfügt, ein beliebiges Lebewesen kaufen und es behandeln darf, wie es ihm gefällt.

Einmal wird dieser Mann gefragt: „Warum bringst du deinem Pferd eigentlich niemals eine Belohnung mit, zum Beispiel Brot oder Mohrrüben?"

Seine barsche Gegenfrage: „Warum denn das?"

„Damit es sich freut."

„Ein Tier kann sich nicht freuen, und zu fressen hat es hier genug."

Wenn dieser Mensch eine Ahnung hätte, wie sehr sich sein Pferd freuen kann! Aber das gibt es nie zu erkennen, wenn sein Besitzer sich in der Nähe befindet. Außer Resignation zeigt dieses geschundene Tier dann keinerlei Regungen.

Sobald wir aber in die Stallgasse kommen, ist es gerade dieser braune Wallach, der uns freudig entgegenwiehert. Meistens hat er uns schon vor Cherry entdeckt und ist so aufgeregt, dass wir gar nicht schnell genug handeln können. Wir sagen rasch unserer Dicken „Guten Tag", und Manuela sucht ein paar Leckereien für sie aus der Tasche, während ich dem Braunen etwas zu naschen bringe. Es ist unbeschreiblich, wie dieses Pferd es genießt, wenn man mit ihm spricht oder es streichelt. Der Braune drückt seinen großen Kopf ganz zärtlich an uns.

Begonnen hat unsere Freundschaft damit, dass dieses Pferd uns nicht mehr aus den Augen lässt, wenn wir bei Cherry sind. Und egal, was wir gerade tun, ob wir beim Putzen sind oder uns in ihrer Box befinden und mit ihr schmusen, der Braune (ich will seinen Namen hier nicht nennen) schaut stets sehnsüchtig zu uns herüber. Anfangs glaube ich, mir das nur einzubilden, aber jedesmal, wenn ich unwillkürlich hochblicke, begegne ich seinen dunklen erwartungsvollen Augen.

Was mag in diesem Tier vorgehen? Eines ist klar: Es bemerkt unsere Liebe und Fürsorge für Cherry und hofft vielleicht, dass auch für ihn ein wenig davon abfällt. Denn eines Tages begnügt er sich nicht mehr nur mit Schauen, sondern wiehert auffordernd zu uns herüber. Von diesem Augenblick an kann ich nicht mehr widerstehen. Viel ist es nicht, was ich für ihn tun kann, aber wenn wir alleine sind, will ich ihn wenigstens ein bisschen verwöhnen.

Und plötzlich, als wir eines Abends in den Stall kommen, steht der Braune in der Stallgasse und wird von seinem Herrn geputzt. Unser Erschrecken ist groß. Wie wird er sich verhalten? Aber dieses kluge Tier, das vermutlich um die Strafe weiß, die es erwartet, wenn es sich verrät, schaut uns nur an und sagt keinen Ton. Ich bin erschüttert. Und ähnliches wiederholt sich häufiger. Ist sein Herr in Sicht- oder Hörweite, schaut der Braune uns nur an, hat er jedoch den Stall verlassen, tönt sein erfreutes, aufforderndes Wiehern zu uns herüber.

Dieses Pferd hat eine große Ähnlichkeit mit „meinem" Aragon, angefangen bei seinem braunen Teddyfell. Es ist genau so weich und kuschelig wie Aragons Fell war, und ich kann mein Gesicht darin verstecken. Der Braune steht dann ganz still.

Natürlich kann ich mir dergleichen nie erlauben, wenn sich Manuela während dieser Zeit nicht mit Cherry beschäftigt. Denn andernfalls kann unser Krümel sehr eifersüchtig und beleidigt reagieren. Einmal ist Manuela fortgegangen, ohne dass ich es bemerkt habe. Zufällig blicke ich mich um und direkt in

Cherrys beobachtende, gekränkte Augen. Natürlich muss ich mich beeilen, rasch zu ihr zu gehen: „Dicke, nun sei doch wieder gut. Du bist ja meine Allerbeste und hast gar keinen Grund zur Eifersucht." Aber, entweder kann oder will sie es mir nicht glauben, sie dreht ihren Kopf zur Seite und lässt mich stehen. Wir müssen schon sehr Acht geben, dass sie uns nicht beim Flirt mit anderen Pferden erwischt.

Und es sind so viele hier, die uns inzwischen gut kennen und begrüßt werden wollen. Aber unsere Kleine wacht darüber, dass so etwas nicht Überhand nimmt. Ihr tiefes, ärgerliches Gewieher holt uns wieder zurück, wenn wir nach ihrer Ansicht zu lange fortgeblieben sind. Das Wiehern, als Sprache eines Pferdes kann unterschiedlich klingen, hoch und freudig oder aber ärgerlich und tief. Einmal, nach einem Besuch in einer anderen Box – ich bin gerade zu Cherry zurückgekehrt und setze einen Fuß in ihre Box –, fängt sie an, nach meinem Bein zu schnappen. Sie ist nicht mehr davon abzubringen und zielt unentwegt nach meinen Stiefeln. Später erst fällt mir ein, dass Pferde derart reagieren, wenn sie sich einem Gegner gegenüber sehen.

Auch bei den Junghengsten auf der Weide habe ich ähnliches beobachtet. Wenn sie miteinander kämpfen, versuchen sie stets ihren Gegner an den Beinen zu erwischen und zu Boden zu bringen. Cherry muss schon sehr ärgerlich auf mich gewesen sein, und ich muss darauf achten, den Seelenfrieden unseres Pferdes nicht mehr zu gefährden.

Unser Widersacher verlässt nach einigen Monaten mit seinem bedauernswerten Pferd und einer Clique Gleichgesinnter das Gestüt.

Es ist Friede eingekehrt.

Bedenken gegenüber der Technik

Zur Freude aller Reiter wird neben einer Koppel des Gestüts, nahe am Hof, ein Spring- und Abreiteplatz angelegt. Zwar sind wir keine Freunde des Springsports, aber der Platz gibt auch uns die Möglichkeit, jetzt mit Cherry draußen zu arbeiten. Und das ist eine große Hilfe für ihre Gewöhnung an die Umwelt, die es außerhalb der Reithalle nun einmal gibt.

Eines Abends versuchen wir also, sie mit dem Platz bekannt zu machen. Wir lassen sie frei laufen, damit sie alles in Muße anschauen kann. Aber von Ruhe oder Muße kann natürlich nicht die Rede sein. Cherry tobt wie von Sinnen. Alles regt sie fürchterlich auf, ob die Bäume rascheln, ein Hund vorbeiläuft oder auf der gegenüberliegenden Koppel ein Pferd wiehert. Als dann noch zu allem Überfluss ein Mopedfahrer vorüberknattert, ist es vollends vorbei: Sie will über den Koppelzaun springen.

An diesem ersten Abend ist nichts zu erreichen und unser Pferd vor Aufregung schweißbedeckt. Uns bleibt nichts anderes zu tun, als die Dicke wieder in den Stall zu bringen und dafür zu sorgen, dass sie sich nicht erkältet. Aber der Entschluss ist gefasst, sie von nun an kontinuierlich an den Platz zu gewöhnen. Und nach einer gewissen Zeit klappt es auch. Wir können sogar beginnen, Cherry auf dem Platz zu longieren. Dabei ist sie natürlich ausgesprochen munter. Leider macht uns bald eine Regenperiode einen Strich durch unsere schönen Übungsstunden und wir müssen vorerst wieder in die Halle zurückkehren.

Zwischenzeitlich hat sich hier jedoch einiges verändert, von dem wir ziemlich sicher sind, dass es Cherry nicht gefallen wird. An eine kurze Seite der Reithalle grenzt das Reiterstübchen, und über diesem werden in jedem Jahr Heu- und Strohvorräte für den Winter eingelagert. So auch jetzt. Ein riesiges rotes Förderband steht aus diesem Anlass in der Reithalle. Ist das wieder eine Aufregung, als Cherry dieses Monstrum erblickt!

Wir können sie kaum dazu bewegen, einen Fuß in die Halle zu setzen. Aufgeregt schnaubend bleibt sie in der Hallentür stehen, mit weit aufgerissenen Augen und bebenden Nüstern, die Beine mal wieder fest in den Boden gerammt. Etwas ähnliches haben wir natürlich befürchtet und wollen ohnehin nur erreichen, dass Cherry sich in der Halle umschaut und vielleicht ihren Schrecken verliert.

Und wieder muss ich Cherry beweisen, dass dieses Ungetüm nicht gefährlich ist. Also gehe ich mutig zum Förderband und setze mich dort auf ein tiefliegendes Gestänge, während Manuela Cherrys Führstrick löst und mir folgt.

Und unser Cherry-Tier, immer noch in furchtbarer Erregung und den Schweif in Hochstellung, umkreist schnaubend und nach allen Seiten ausschlagend in gebührendem Abstand dieses Ungeheuer. Erst nach längerer Zeit beruhigt sie sich ein wenig, nachdem sie vermutlich festgestellt hat, dass dieses Monster uns immer noch nichts getan hat. Und endlich siegt doch ihr Vertrauen, und sie kommt langsam näher. Freundlich und begütigend sprechen wir auf sie ein, bis sie es wagt, dieses Riesentier vorsichtig zu beschnuppern.

Und noch weitere Aufregungen gibt es in der Reithalle. Nachdem das Förderband endlich wieder verschwunden ist, werden an der gegenüberliegenden kurzen Seite Strohballen für den Winter deponiert. Als dann diese Ballen noch mit einer Plastikplane bespannt werden, unter der es unheilvoll raschelt, will unser Pferd endgültig streiken.

Wir haben unendlich viel Mühe, Cherry jeden Tag von neuem vorsichtig an diesem schrecklichen Gebilde vorüberzuführen. Wir akzeptieren ihr Unbehagen und halten einen vertretbaren Abstand ein.

An jedem Abend bleiben wir lange in Cherrys Box sitzen und leisten ihr bei der Heumahlzeit Gesellschaft. Das liebt sie sehr. Dabei kaut sie zufrieden vor sich hin, beschnüffelt uns gelegentlich und lässt ein paar Heubüschel auf unsere Köpfe rieseln. Wenn sich gelegentlich in einem Büschel ein Sandklumpen befindet, reibt sie ihn so lange an mir, bis der Sand entweder abfällt oder ich ihn entferne. Irgendwann fängt unser Tier damit an, unsere Taschen zu inspizieren, denn es vergisst natürlich nicht, dass in ihnen immer etwas Leckeres steckt. Diese Abende sind eine absolute Freude.

Als Cherry an einem der kommenden Tage von Manuela longiert wird, bemerken wir an ihrer Aufmerksamkeit, dass sie uns sehr entgegenkommt. Manuela gibt beispielsweise zum Angaloppieren das Kommando: „Aufpassen, Galopp, Marsch!", worauf Cherry sofort angaloppiert. Aber heute ist Cherry in besonderer Geberlaune, denn während Manuela „Aufpassen!" sagt, galoppiert Cherry bereits an. Wir sind gerührt über ihren guten Willen.

Endlich habe auch ich beschlossen, wieder richtig zu reiten. Bisher ist Cherry nur gewöhnt, von mir im Schritt trocken geritten zu werden. Es ist für sie ganz selbstverständlich, dass es Arbeit bedeutet, sitzt Manuela auf ihrem Rücken, und dass sie sich erholen darf, wenn ich die Reiterin bin.

Wie wird unser Krümel reagieren, wenn ich nun richtig arbeiten will? Auch habe ich Bedenken, dass ich in der langen Pause viel verlernt haben könnte, und bitte Dagmar, mich einmal an die Longe zu nehmen. Und Cherry will wirklich nicht begreifen, warum sie nun mit mir auch traben soll. Nach fünfzehn Minuten intensiver Arbeit bin ich ziemlich erledigt. Ich bemühe mich, keinen Fehler zu machen, alle Hilfen (sprich: Anweisungen) exakt zu befolgen und habe mich regelrecht festgebissen, als plötzlich Dagmars Stimme ertönt: „Hallo Renate, der liebe Gott hat dir ein Gesicht gegeben, lächeln musst du schon selber." Der Bann ist gebrochen, es geht etwas legerer weiter, und unser Cherry-Pferd akzeptiert mich.

Inzwischen hat sich Cherry auch daran gewöhnt, dass noch andere Pferde gleichzeitig in der Halle sind, was wir in den ersten Monaten möglichst vermieden haben. Wir beobachten, dass unser Pferd die Gesellschaft der Wallache bevorzugt. Stuten regen sie auf, vielleicht eine Ablehnung der Konkurrenz?

Jedoch am erregendsten findet sie Leubus. Er ist der Zuchthengst des Gestüts, ein riesiger, temperamentvoller Bursche, dessen röhrendes Wiehern alle Stuten aus der Ruhe bringt. Cherry ist bei seinem Anblick stets wie elektrisiert. Und lange Zeit können wir es nicht riskieren, mit ihr in der Halle zu bleiben, wenn Leubus geritten wird.

Für Cherry ist es im Übrigen ganz selbstverständlich, dass nicht nur Manuela mit ihr in die Halle geht, sondern dass auch ich immer anwesend bin. Wenn es Cherry allerdings während des Arbeitens zu sehr in meine Nähe zieht und Manuela dadurch Schwierigkeiten bekommt, verstecke ich mich hinter der Bande. Aber das hilft nicht viel, den Trick kennt Cherry bereits. Hat sie einmal meine Witterung, so erscheint auch gleich ihr Kopf über der Holzverkleidung. Hat sie mich wieder entdeckt, ist sie zufrieden.

Beim Hufschmied

Als der Tierarzt auf dem Hof ist und zufällig Cherry sieht, meint er, sie müsse einen korrigierenden Hufbeschlag bekommen, was in etwa die gleiche Wirkung hat, wie Einlagen in den Schuhen eines plattfüßigen Menschen.

Wir besprechen die Angelegenheit mit dem Hufschmied und sind einigermaßen besorgt, wie Cherry sich bei dieser ungewohnten Prozedur anstellen wird. Und Cherry ist gewitzt.

Mit unserem Hufschmied, der auf dem Gestüt für alle Pferde zuständig ist, hat es eine besondere Bewandtnis: Man muss ihn mindestens vier Wochen vor dem gewünschten Termin bestellen, und die Gefahr besteht trotzdem, dass er es noch ein paar Mal vergisst. Eines Tages ist er dann auf dem Hof, doch statt der Hufeisen bekommen wir die Zusicherung, dass er ganz bestimmt im Laufe der Woche an Cherry denken werde.

Am Donnerstagabend kommen wir auf den Hof und sehen ihn. Sogleich stürzt Manuela mit der Frage auf ihn zu: „Hast du an unsere Cherry gedacht? Und wie war die Dicke?"

Albert grinst uns an, kratzt sich am Kopf und meint gedehnt: „Ach Gott – Cherry? Ich wusste doch, dass ich hier noch irgend etwas vergessen habe."

„Albert!"

Wir stürzen in den Stall, und an Cherrys Verhaltensweise erkennen wir sofort, dass nicht alles ist wie sonst. Sie wiehert nicht und bleibt in der hinteren Boxenecke stehen. Wir öffnen die Boxentür und sehen die neuen „Schuhe". Unser Krümel scheint darüber gar nicht glücklich zu sein. Die Eisen sind ungewohnt und Cherry stakst ganz verstört darauf herum. Außerdem ist sie uns böse, dass wir nicht da waren, um ihr zu helfen, dem Hufschmied zu entgehen.

Und im Nachhinein erfahren wir, was diese Rübe alles angestellt hat. Uwe, der Lehrling des Stalles, erzählt uns, dass

Cherry noch folgsam mitgegangen ist, als der Schmied sie aus der Box geführt hat. Sie wurde dann in der Stallgasse angebunden, und der Schmied passte die Hufeisen an. So weit, so gut. Dagegen war wohl ihrer Ansicht nach noch nichts einzuwenden. Als aber Albert ihr den Rücken gekehrt hatte, um die Eisen passend zu schmieden, hielt Cherry es für überflüssig, auf weitere Unannehmlichkeiten zu warten. Und wie sie es so oft getan hatte, wenn sie von uns in der Stallgasse angebunden und geputzt worden war, knabberte und zog sie so lange an ihrem Führstrick, bis sie ihn geöffnet hatte und unbehelligt wieder in ihre Box entwischen konnte.

Als dann der Schmied mit seinem Eisen kam, war die Stallgasse leer und Uwe hörte sein empörtes Schimpfen: „Wo ist das verdammte Pferd geblieben?"

Worauf Uwe nur trocken meinte: „Ich würde mal in der Box nachsehen."

Und er hatte richtig vermutet: Cherry hatte sich in die vermeintliche Sicherheit ihrer Behausung zurückgezogen. Aber es half ihr dennoch nichts, die Eisen mussten drauf. Während der Schmied dann das zweite Eisen schmiedete, war unser Racker erneut in die Box marschiert. Kein Wunder, dass sie uns abends böse war, weil alle ihre Versuche gescheitert waren und wir sie im Stich gelassen hatten. An diesem Abend zeigt sie uns die kalte Schulter. Doch zum Glück ist unser Tier nicht nachtragend; denn am kommenden Tag ist alles Unangenehme vergessen.

Pferdeäpfel

Cherry ist ein überaus reinliches Wesen. Ihre Pferdeäpfel befördert sie stets in die äußerste Ecke der Box. Selten, dass es mal daneben geht.

Doch einmal war ihr ein ziemliches Malheur passiert: Wir kommen zu unserem Krümel, das unruhig in der Box umherwandert, zur Selbsttränke geht, schnüffelt und wieder umkehrt ohne zu trinken, und das gleiche von vorn. Irritiert und von einer bestimmten Ahnung getrieben, gehe ich zu ihrer Tränke. Und diese läuft beinahe über vor Pferdeäpfeln. Cherry hat nicht richtig gezielt, und der Himmel mag wissen, wie lange sie schon dursten musste. Der Schaden wird schnell behoben, und Cherry hört gar nicht mehr auf zu trinken.

Unser Krümel hat eine große Abneigung, auf schmutzigen Boden zu treten. Ihr ist alles zuwider, was ihre Hufe verunreinigt. Sie ist in dieser Hinsicht so eigen wie ihr Vater Champagner.

Einmal binde ich Cherry in der Stallgasse an, weil ihre Box einer etwas gründlicheren Reinigung bedarf. Cherry langweilt sich, spielt mit ihrem Führstrick, versucht ihn wieder zu öffnen und möchte unbedingt in die Box zurück. Ich muss sie immer wieder neu anbinden, und als sie merkt, dass ihr die Spielchen nicht so gelingen, wie sie es gerne hätte, ergibt sie sich in ihr Schicksal und bleibt missmutig stehen.

Am anderen Ende der Stallgasse putzt Dagmar ihren Sultan. In dem Moment, als sie etwas zu mir sagen will, hat Cherry angefangen, aus lauter Langeweile mit ihrem Vorderhuf zu scharren. Ich kann Dagmar nicht verstehen, worauf sie zu uns herüberruft: „Cherry, hör auf!" Keine Reaktion.

„Cherry, hörst du endlich auf damit! Cherryyyyyy!"

Doch das Pferd fühlt sich nicht im geringsten angesprochen und klopft weiter. Nun wird es auch mir zu viel. Ich strecke meinen Kopf aus der Box heraus und sage ganz freundlich: „Cherrylein, hör auf. Nun lass den Unsinn." Worauf Cherry mich

lieb anschaut, ihr Bein brav auf den Boden stellt, mit einem tiefen Schnaufer: Nichts darf man, was einem Spaß macht!

Dagmar ist sprachlos und meint verblüfft: „Manchmal
scheint es doch wirkungsvoller zu sein, wenn man nicht gleich
schreit."

Schattenboxen

Ein andermal besucht Dagmar uns in der Halle, als wir die Dicke zum Herumtollen hineingelassen haben. Sie kann sich mal wieder nach Herzenslust austoben, vor lauter Lebensfreude in der gewohnten Weise buckeln und steigen, dass es ein Vergnügen ist, ihr zuzuschauen. Es ist zu köstlich, wenn sie aus lauter Übermut während eines Luftsprungs mit den Vorderbeinen nach einem unsichtbaren Gegner boxt. Dabei schwenkt sie ihren Kopf abwechselnd in alle Richtungen, dass wir manchmal befürchten, jetzt vergisst sie zu steuern. Und urplötzlich besinnt unser Krümel sich, rennt in unsere Richtung und stoppt im wildesten Lauf, um sich seinen Tribut abzuholen, den wir natürlich in Form von Mohrrüben und Äpfeln, auch mal einem Zuckerstückchen immer in unseren Taschen haben.

Wir kennen diese Gewohnheit unseres Lieblings und wissen auch, dass er immer rechtzeitig vor uns bremst. Aber Dagmar weiß das nicht. Und da sie gegen Cherry ein gewisses Misstrauen nicht besiegen kann, flüchtet sie hinter unsere Rücken und nimmt volle Deckung.

Darüber bin ich derart erstaunt, denn gerade Dagmar, die auf jedes Pferd couragiert zugeht und noch niemals Angst gezeigt hat, verhält sich derart sonderbar, dass ich sie frage: „Sag mal, seit wann hast du Angst vor Pferden?"

Und die Entgegnung kommt prompt: „Vor Pferden nicht. Aber das ist kein Pferd – das ist Cherry!"

Verwöhnt

Einmal hat unser Pferd uns einen tüchtigen Schrecken einge-
jagt: Als wir abends zu ihr kommen, ist ihre Krippe noch voller
Hafer. Das kann nur ein schlimmes Zeichen sein, denn unser
verfressenes Tier lässt niemals einen Krümel übrig. Was mag
ihm fehlen? Wir machen uns Sorgen um Cherrys Gesundheits-
zustand, können jedoch keine Veränderung an ihr feststellen.
Eigentlich macht sie so gar keinen kranken Eindruck. Erhöhte
Temperatur hat sie nicht, auch keine Erkältung. Ihre Zähne
scheinen ebenfalls in Ordnung zu sein, denn sie zermalmt mü-
helos die Äpfel und Mohrrüben, die wir ihr mitgebracht haben.
An diesem Abend verlassen wir beunruhigt den Stall und wollen
zunächst einmal abwarten, was der nächste Tag bringt.

Und am kommenden Abend bietet sich das gleiche Bild. Alle
anderen Pferde haben ihre Krippen leergefressen, nur Cherry
nicht. Auch ihre Heuration hat sie kaum angerührt, sondern
stattdessen hübsch gleichmäßig in ihrer Box verstreut, zum
Zeichen dafür, dass sie nicht mehr Willens ist, davon noch
etwas zu verspeisen.

Wir wissen keinen Rat mehr und fragen Wallo, die gerade zu
diesem Zeitpunkt in der Stallgasse mit Dunjas Pflege beschäftigt
ist, ob sie vielleicht hierfür eine Erklärung habe.

Wallo schaut sich unser putzmunteres Pferd an und lacht
herzlich: „Wisst ihr, was eurer Cherry fehlt? Sie ist nichts weiter
als verwöhnt. Sie weiß nämlich ganz genau, um welche Zeit
ihr kommt und welche tollen Sachen ihr mitbringt. Da hat sie
natürlich keine Lust, den langweiligen Hafer zu fressen. Würde
ich ja auch nicht tun, wenn ich etwas Besseres bekäme."

Und so verhält es sich tatsächlich. In den nächsten Tagen verunsichern wir Cherry, kommen nicht zu den gewohnten Zeiten
und bringen ihr nicht so viele Leckereien mit. Und als unser
Tier sich zeitlich nicht mehr unbedingt auf uns einstellen kann,
frisst es auch wieder alles, was im Stall angeboten wird.

Eingeschneit

Der Winter hält eine Überraschung für uns bereit: Wir schneien ein. Das hat es in unserer Rheinischen Tiefebene mit dem bekannten milden Klima lange nicht gegeben. Am ersten Tag, an dem der Schnee unaufhaltsam fällt, wollen wir an diese Massen einfach noch nicht recht glauben. Wir starten am späten Nachmittag zu einer abenteuerlichen Fahrt in Richtung Stall. Ein eisiger Wind pfeift uns entgegen, und bald schon stecken wir in Schneeverwehungen, deren Ausmaß wir gar nicht haben abschätzen können. Wir sitzen hoffnungslos fest; die Räder meines Käfers drehen durch. Mir bleibt nichts anderes übrig, als immer wieder zu versuchen, uns freizuschaufeln.

Unter größten Anstrengungen erreichen wir endlich doch den Hof. Cherry ist sehr erfreut über unser Kommen, denn außer uns war niemand hier gewesen, und die Pferde langweilen sich. Diese Überlegung hat uns letztlich auch dazu bewogen, die Fahrt zu riskieren. Wenn die Pferde schon die meiste Zeit des Tages alleine in ihren Boxen herumdösen, brauchen sie wenigstens einmal ausreichend Bewegung. Aber vor der Rückfahrt haben wir ein leichtes Grausen. Es schneit unentwegt weiter.

Während wir noch beraten, ob es nicht vernünftiger wäre, das Auto auf dem Gestüt zu lassen und uns zu Fuß nach Hause durchzuschlagen, sehen wir aus Richtung Stadt ein großes Fahrzeug auf uns zukommen. Es ist ein Traktor vom Nachbarhof mit einem Auto im Schlepp. Wir zögern keine Minute, manövrieren unser Fahrzeug in diese günstige Spur und fahren heimwärts.

Am nächsten Tag ist nichts mehr zu machen, sämtlicher Verkehr total zusammengebrochen. Wir können uns nur noch zu Fuß durch die Schneemassen hindurchkämpfen. Als wir endlich auf dem Hof eintreffen – es hat eine Dreiviertelstunde und große Anstrengung gekostet – liegt natürlich alles im Dunkeln.

Wir arbeiten uns zu den Pferdeställen durch, bekommen die Tür geöffnet und suchen nach dem Lichtschalter.

Leise frage ich Manuela: „Sag mal, weißt du, welcher Schalter der richtige ist?", als ein nicht enden wollendes Gewieher einsetzt. Unsere Cherry hat sofort meine Stimme erkannt und rasch ihren Artgenossen davon Mitteilung gemacht, denn das Wiehern setzt sich durch den gesamten Stall fort.

Und wir haben reichlich Arbeit.

Ein verrücktes Pferd

Bei den ersten Strahlen der Frühlingssonne können wir endlich wieder mit Cherry auf den Hof hinaus. Wir putzen sie draußen, und sie fühlt sich sehr wohl, wenn die Sonne ihr das Fell wärmt. Dabei stellen wir mit Erstaunen fest, dass Cherrys Farbe sich wieder verändert. Denn unter ihrem dicken Winterpelz, der jetzt teilweise in großen Büscheln auf dem Boden liegt, wird ihr Fell zunehmend heller. Es ist nicht mehr zu verheimlichen: Cherry beginnt zu ‚schimmeln'. Im Augenblick ist sie ein wenig scheckig mit schwarzen und rostfarbenen Tupfen. Wir sind gespannt, welche Farbe noch zum Vorschein kommt.

Nach einem ausgiebigen Frühjahrsputz geht es auf den Abreiteplatz, an dessen Rändern ein wenig Gras durch den Zaun lugt, das Cherry gut zu schmecken scheint. Und seltsamerweise hat Cherry sich ganz rasch an das Umfeld gewöhnt. Wenn wir daran denken, wie sie sich im Herbst aufgeregt hatte, ist es beinahe ein kleines Wunder, wie gelassen sie sich jetzt bewegt. Bei jedem Hubschrauber und Mopedgeräusch zucken wir erschreckt zusammen, aber Cherry wackelt nicht mit einem Ohr.

Nur ein Junge stört sie, der außerhalb der Koppel auf einem Pfosten sitzt, in einem leuchtend roten Pullover. Zuerst galoppiert sie bei seinem Anblick leicht verschreckt davon, doch als ich sie immer wieder beruhige, bleibt sie in gebührendem Abstand stehen und schaut sich das rote Etwas an. Es passt nicht in ihr Weltbild, und sie muss fortwährend ärgerlich dorthin zurückschauen. Ich lenke sie davon ab, doch als wir uns beide erneut umblicken, ist der rote Pullover verschwunden. Jetzt fühlt Cherry sich dadurch irritiert, denn nun vermisst sie ihn. Welch ein verrücktes Pferd

„Weißt du Cherrylein, dass du ein Lohnsklave geworden wärst, wenn wir dich nicht gekauft hätten? Ist dir das eigentlich klar?", frage ich unsere Dicke. Und sie schaut mich treuherzig an und ein bisschen unverschämt, wie es nun mal ihre Art ist.

Cherry hat noch keine Schattenseiten des Lebens kennen gelernt, und wenn es in unserer Macht steht, soll es so bleiben.

Neuer Liebesbeweis

Schon bald liefert Cherry uns einen neuen Beweis dafür, wie sehr sie mit uns verbunden ist.

Ich hatte einen Unfall und durfte etwa zwei Wochen lang nicht mit meinem rechten Fuß auftreten. Danach wurde ein Gehgips angelegt, und ich konnte wenigstens etwas humpeln. Nun habe ich unser Pferd zwei Wochen nicht sehen können, das ist mir schwer geworden, doch hatte ich keine Ahnung, wie sehr auch Cherry mich vermisst hat.

Als ich endlich wieder zu ihr gehen kann, schaut sie mit fragendem Blick die Stallgasse entlang. Soll sie es glauben? Leise sage ich: „Schätzelein, ich bin es wirklich." Und ihr freudiges Wiehern lässt fast den Stall erschüttern. Sie scharrt vor Aufregung mit den Vorderhufen, beginnt Männchen zu machen (steht auf den Hinterbeinen) und drängt hinaus.

So schnell kann ich mit meinem Gipsbein gar nicht bei ihr sein. Ich öffne die Boxentür und werde im gleichen Augenblick mit einem leidenschaftlichen Stupser in die Stallgasse befördert. Zum Glück steht Manuela direkt hinter mir und fängt mich auf. Cherry weiß im Überschwang der Freude nicht, was sie alles gleichzeitig anstellen soll. Wir sind beide sehr, sehr glücklich.

Auf jeden Fall scheint Cherry nicht mehr gewillt, noch mal so lange auf mich zu warten. Denn sobald ich mich einen Schritt von ihr entferne – Manuela hat Stühle in die Stallgasse gestellt, damit ich sitzen und mein Bein hochlegen kann –. beginnt sie aus Unmut mit den Hufen zu scharren, den Kopf hin und her zu werfen, so dass ich gleich wieder zu ihr gehen muss. Sobald sie von mir gestreichelt wird, ist ihre Welt wieder in Ordnung, denn nun sind alle da, die zu ihr gehören.

Etwas schwieriger gestaltet es sich jedoch, als Manuela mit unserem Pferd in die Reithalle gehen will. Wir haben nicht bedacht, dass es ja für Cherry selbstverständlich ist, dass auch ich mitkomme. Da dies jedoch nicht möglich ist, haben wir überlegt, ich könnte aus dem Fenster des Reiterstübchens zuschauen.

Nachdem Manuela Cherry gesattelt und aufgetrenst hat, sage ich verabschiedend zu den beiden: „Dann macht's gut ihr zwei. Und pass auf unseren Schatz auf! Tschüs, meine Kleine".

Ich humpele in die entgegengesetzte Richtung davon. Zur Reithalle geht es die Stallgasse weiter hinunter, während ich zum Reiterstübchen in Richtung Ausgang humpeln muss, vorher rechts abbiege, am Laufstall der Jungtiere vorüberkomme und dahinter zum Eingang des Reiterstübchens gelange.

Cherry kann nicht begreifen, warum ich jetzt in die falsche Richtung gehe. Als sie mich rechts hinter der kleinen Mauer verschwinden sieht, wird sie unruhig und Manuela fragt ahnungsvoll: „Cherry, was ist mit dir los? Ist etwas nicht in Ordnung?"

Und Cherry schaut weiter irritiert in meine Richtung, probiert ein paar Schritte, und als sie merkt, dass sie nicht festgehalten wird, stapft sie hinter mir her.

Ich habe zwischenzeitlich beinahe das Reiterstübchen erreicht, als ich das charakteristische Stakkato ihrer Schritte vernehme, ein derart vertrautes Tapp – Tapp –Tapp, das ich unter zwanzig Pferden heraushören würde. Während ich noch überlege, dass das ja nicht sein kann, verhallen die Schritte plötzlich und ein großer grauer Kopf erscheint hinter der Ecke, späht neugierig um das Mäuerchen –und hat mich entdeckt. Cherry zögert keinen Augenblick und marschiert mit ruhiger Selbstverständlichkeit auf mich zu. Ich bin unsagbar gerührt.

Andere Beweise seiner Anhänglichkeit erbringt unser Cherry-Tier eines Tages, als ich sie trocken reite. Cherry marschiert – wie gewohnt – am langen Zügel mit mir durch die Halle. Wir reiten ein paar Schlangenlinien, Volten und Zirkel, und Cherry reagiert wunderbar auf Schenkel- und Gewichtshilfen, so dass ich überhaupt keine Zügel gebraucht hätte. Ich bin von ihrem Entgegenkommen derart begeistert, dass ich zum Abschluss fröhlich sage: „So mein Schatz, jetzt bleiben wir stehen." Und

Cherry steht! Sie wird gelobt und gestreichelt und macht einen rundum zufriedenen Eindruck. Und erst im Nachhinein fällt mir ein, dass ich mein Pferd ja gar nicht zum Stehen durchpariert habe, sondern dass Cherry meiner stimmlichen Anweisung (bekanntem Tonfall?) gefolgt ist.

Auch Manuela erlebt eine unvergleichliche Cherry, die aus Eigeninitiative unangenehme Dinge tut, von denen sie annimmt, dass sie von ihr gewünscht werden. So marschiert unser Pferd also, als Manuela sie eines Tages trocken reitet, unaufgefordert über sämtliche Cavalettis und Stangen, die zufällig in der Halle liegen. Vermutlich will unser Krümel seiner Reiterin entgegenkommen, denn es scheint ihm wahrscheinlich unvermeidbar zu sein, dort hinübergeschickt zu werden. Und Cherry ist nicht eher zu bremsen, bis Manuela ihr lachend Einhalt gebietet.

Josef und die blauen Eimer

Unsere Dicke ist ein sowohl unsagbar liebenswertes als auch verwöhntes Geschöpf. Wie verwöhnt und „schlauchig" Cherry sein kann, zeigt sich eines Abends, als Josef wieder in den Stall kommt, um seinen beiden Pferden eine Zusatzmahlzeit zu bringen. Dunja (die wir schon von der Weidezeit her kennen) und Anton gehören ihm und seinem Sohn Kurt.

Und Josef kommt regelmäßig mit zwei blauen Eimern in den Stall, die, je nach Jahreszeit, mit Mohrrüben, Zuckerrübenschnitzeln, Äpfeln oder Kleie gefüllt sind. Sein Weg führt an Cherrys Box vorüber, und unserem Pferd ist anzumerken, dass es gar zu gerne wüsste, was sich in diesen blauen Eimern befindet.

Und eines Abends endlich löst Manuela das Geheimnis, stibitzt rasch eine Hand voll Rübenschnitzel und bringt sie unserer Dicken. Und ganz allmählich wird es zu einer lieben Gewohnheit, dass Josef nicht mehr an Cherry Box vorbei kommt, ohne seinen Tribut zu zahlen. Und lächelnd tut er unserem verfressenen Pferd den Gefallen.

Nur einmal, als wir gerade mit Cherry aus der Reithalle kommen, hat er seine Pferde schon versorgt. Während wir Cherry in ihre Box bringen, werden die blauen Eimer zugedeckt. Cherry blinzelt hinüber, und Manuela meint vorwurfsvoll: „Ich finde es gar nicht nett, dass unser Pferd heute nichts bekommen hat."

Worauf Josef gelassen entgegnet: „Nun warte doch mal ab. Ich habe ja extra ein paar Stücke für Cherry übrig gelassen."

Und mit den Worten: „Es sind heute aber keine Zuckerrüben", kommt er zu unserem Pferd und gibt ihm die Futterrübenschnitzel, die natürlich nicht so süß sind. Cherry nimmt sie, kaut ein wenig darauf herum und spuckt sie angeekelt in eine Schubkarre, die zufällig vor der offenen Boxentür steht. Wir schämen uns entsetzlich für unser Pferd.

Unmissverständlich

Wallos Dunja kann gelegentlich einen ungeheuren Dickkopf entwickeln, obwohl sie vorwiegend lieb und folgsam ist. Wenn sie jedoch auf stur schaltet, ist absolut nichts mehr auszurichten. Das beweist sie uns an einem der folgenden Abende, und Wallo meint betrübt, dabei spiele sicher schon eine gehörige Portion Altersstarrsinn mit, denn Dunja ist schon eine ältere Dame.

An einem sonnigen Spätnachmittag kommt Wallo auf den Hof, um Dunja weiden zu lassen. Da es leider für die Pensionspferde noch keine eigene Weidemöglichkeit gibt, gehen die beiden, wie schon so oft praktiziert, auf den Pappelweg. Während Dunja nun friedlich vor sich hin grast, kehrt Wallo wieder zu uns zurück.

Wir haben es uns an diesem Tag ausgesprochen gemütlich gemacht. Manuela hat Cherry schon auf dem Abreiteplatz geritten, und unser Pferd darf noch frei darauf herumtollen, was es immer sehr genießt. Wir sitzen nur einige Meter von Cherry entfernt auf den Gartenstühlen, ich mit meinem Gipsbein in Hochlage und einem Sektglas in der Hand. Denn Bernd, der Sohn des Verwalters, hat am Vormittag seine schriftliche Gesellenprüfung mit sehr gutem Erfolg bestanden und uns eingeladen, dieses Ereignis zu begießen.

Cherry versucht inzwischen einige Grasbüschel zu erhaschen, die durch die Umzäunung lugen. Hin und wieder gehe ich zu ihr, kraule sie ein bisschen, wobei sie natürlich sofort versucht, mein Gipsbein anzuknabbern. Plötzlich schallt das Getrappel von Pferdehufen zu uns herüber. Dunja erscheint auf dem Hof und marschiert – anscheinend ziemlich unwirsch – in ihre Box. Ihr folgen Josef und Kurt auf ihren Pferden, die gerade von einem Ausritt zurückkommen.

Offensichtlich fühlte Dunja sich von ihnen gestört. Um das wieder gutzumachen meint Josef zu Wallo: „Die untere Weide ist heute Abend frei. Wir wollen unsere Pferde noch grasen lassen. Du kannst doch Dunja mit hinüberbringen."

Wallo erfreut: „Das ist ja prima. Komm, Dunja, altes Mädchen, du darfst dich noch ein bisschen tummeln."

Worauf Wallo und Dunja den Hof wieder verlassen – aber nur für eine kurze Weile. Dann hören wir schon wieder eilige Hufschläge. Dunja stolziert missmutig an uns vorüber und erneut in ihre Box.

Wallo folgt in einiger Entfernung und meint mit gekonnter Verzweiflung: „Habt ihr so viel Sturheit schon gesehen? Was mach' ich nur mit diesem Pferd?" Und noch einmal versucht Wallo es mit dem Pappelweg (der Mensch ist ja geduldig). Aber kaum hat sie ihr Pferd alleine gelassen, als Dunja ihr auch schon auf dem Fuße folgt. Und jetzt zeigt sie nur Abneigung und Widerwillen, so dass niemand mehr einen Einwand gegen ihre Entscheidung erhebt. Damit ist diese Angelegenheit von ihr – und zwar unmissverständlich geklärt. Befriedigt schaut die alte Dame aus ihrem Texastürchen heraus.

Die Feuertaufe

An einem herrlich sonnigen Vormittag, als wir überlegen, wo die Dicke geritten werden soll, hat Manuela plötzlich Lust auf einen Ausritt über die Felder. Durch den Abreiteplatz ist unser Krümel ja an die „Gefahren" der Umwelt gewöhnt. Cherry hat sich draußen inzwischen bestens bewährt, erschreckt vor keinem Fahrzeug.

Auch die Herde weißer Rinder, die auf der Koppel neben dem Abreiteplatz grast, hat sie akzeptiert. Und als plötzlich ein kleines Kälbchen durch den Zaun schlüpft, geht unsere Dicke neugierig schnuppernd und prustend darauf zu, um sich das Kleine einmal aus der Nähe anzuschauen, bis das Kälbchen seinerseits die Flucht ergreift. Cherry ist in der letzten Zeit richtig vernünftig geworden, erwachsener und auch schlanker.

Dagmar ist gerade im Stall und bietet sofort ihre und Sultans Begleitung für den ersten Ausritt an. Die vier machen sich reitfertig, ich muss mit meinem lädierten Fuß auf dem Hof zurückbleiben und spare natürlich nicht mit Ermahnungen: „Überanstrenge Cherry nicht. Hörst du, Manuela?"

„Nein, nein."

„Und bitte, reitet auf keinen Fall weiter als bis zum Ende des Hohlweges!"

„Ja!"

„Denk bitte daran, dass es Cherrys erster Ausritt ist."

„Jaaa, Mutti."

Und dann, bevor die Gruppe starten will, humpele ich noch zum Auto, um den Fotoapparat zu holen. „Stopp, bitte warten. Ich will noch rasch ein paar Aufnahmen von euch machen."

Und Dagmar in ihrer trocknen Art fragt zurück: „Vorher oder nachher?"

„Na, lieber gleich. Man weiß ja nie"

Die Wartezeit wird mir endlos lang, und ich ahne natürlich, dass diese Gesellschaft an keine zeitige Umkehr denkt.

Und unser Cherry-Pferd ist ganz brav in Sultans Hufspur gegangen. Dieser hat sich als zuverlässiges Führpferd erwiesen. Er ist auch ruhig im Schritt weitermarschiert, als seine gewohnte Galoppstrecke kam. Sein Verantwortungsgefühl diesem jungen unerfahrenen Pferd gegenüber ist so groß, dass er auf den Galopp verzichtet.

Der Ritt war bis zum Waldgebiet ausgedehnt worden. Als bei der Einmündung des Pappelwegs in den Hohlweg eine steile Böschung zu überwinden war, hatte Cherry diese ganz bedächtig erklommen. Die unterschiedlichen Wegeverhältnisse hatten unser Pferd schon irritiert, und den holperigen Lavaweg fand sie gar nicht gut. Als sie dann zu allem Überfluss einige vom Regen ausgewaschene Rinnen passieren musste, war es mit ihrem guten Willen beinahe vorbei. Aber da alles Hinauszögern nicht weiterhalf und Sultan sich bereits einige Meter entfernt hatte, musste sie wohl oder übel daran vorbei. Um aber ihre Abneigung ganz klar zu demonstrieren, streckte sie ihren Kopf so weit wie möglich in die entgegengesetzte Richtung, so dass ihr Hals unendlich lang wurde und sie vor Widerwillen schnaubte. Als dann am Wegesrand eine Bank ins Blickfeld kam (eine der beliebtesten Möglichkeiten zum Aufregen für jedes Pferd), rief Dagmar Manuela zu: „Mach die Knie zu, gleich passiert's!"

Aber nicht bei Cherry. Sie hatte nur einen ganz kleinen Satz zur Seite gemacht (was ist denn das nun wieder?), als überraschend ein Vogel aufgeflogen war. Aber als sie spürte, dass der Sitz ihrer Reiterin ein bisschen ins Wanken geriet, war unser kluges Tier augenblicklich stehen geblieben und hatte sich erst wieder in Bewegung gesetzt, als Manuela sich sicher fühlte.

Einige auf dem Weg herumliegende Äste fand sie auch nicht besonders gut.

Als die vier später aus dem Waldgebiet herausreiten wollten, wurde der Weg sehr schmal und von zwei Begrenzungspfählen eingefasst. Für Sultan war das kein Problem; ihm war hier alles vertraut. Doch Cherry hatte Bedenken, ob sie dort hindurchpasste und bremste vorsichtshalber ab. Manuela versuchte es mit Zureden, aber es war nichts zu machen. Inzwischen war

Sultan stehen geblieben, als er bemerkte, dass die Kleine ihm nicht mehr folgte. Er schaute sich fragend nach ihr um, und Cherry, als hätte sie seine Besorgnis gespürt, ließ ihn nicht länger warten und nahm mutig die beiden Pfosten in Kauf. Und dann ging es gemütlich heimwärts, immer schön langsam in Sultans Spur. Und Sultan beschleunigte auch nicht seine Schritte, als er in Richtung Heimatstall marschierte.

Er war sich seiner Verantwortung für dieses unerfahrene Pferd voll bewusst. Nur an einer Weide mochte er nicht vorübergehen, ohne ganz rasch ein Maul voll Gras zu stibitzen. Und in diesem Augenblick hatte Manuela nicht aufgepasst, Cherry auch nicht, und lief auf. Sultan wusste gar nicht, wohin er seinen Schweif noch einziehen sollte, als Cherry förmlich ihre Nase hineinbohrte. Aber friedfertig wie er war, reagierte er auch jetzt gelassen und setzte sich langsam wieder in Bewegung.

Als ich auf dem Hof endlich das ersehnte Getrappel der Pferdehufe vernehme, ist eine Stunde vergangen. Meine Erleichterung ist groß. Cherry hat ihre Feuertaufe bestanden. Und lieb und zufrieden kommt sie mir entgegen, lässt sich loben und streicheln und vom Sattel befreien. Natürlich wird auch Sultan gebührend gelobt für sein vorbildliches Verhalten. Wenn er bei anderen Gelegenheiten mit gleichaltrigen und erfahrenen Pferdekameraden schon mal zeigen kann, wie temperamentvoll er ist, ist das natürlich etwas anderes.

Unser entzückender Pirat

Am nächsten Tag hat Cherry ein entzündetes Auge, und Manuela muss auf den geplanten Wiederholungsritt verzichten. Vermutlich sind die Augen Cherrys schwächster Punkt, denn sie hat bereits einige Male eine Bindehautentzündung gehabt. Unser Krümel muss es sich dann immer wieder gefallen lassen, dass die Augen mit Tropfen behandelt werden. Das ist natürlich nicht angenehm, aber sie wehrt sich immer nur ganz leicht und lässt uns nach einigem Zureden die Behandlung fortführen.

Nun darf das entzündete Auge einige Tage weder Sonne, Wind noch Staub ausgesetzt werden. Was können wir also tun, damit unser Tier trotzdem Bewegung hat? Die Reithalle ist zu staubig, und draußen strahlt die herrlichste Sonne, die man sich wünschen könnte, nur nicht für unser Pferd. Bleibt uns also nichts anderes übrig, als aus unserem Krümel einen Piraten zu machen.

Cherry bekommt ein Tuch kunstvoll vor das kranke Auge gebunden, so dass das gesunde nicht behindert wird. Unsere Kleine lässt uns gewähren. Zwar behagt ihr das Ganze nicht so hundertprozentig, sie hätte das Tuch ganz gerne weggewischt, doch auf unser mahnendes „Cherry, nein!" lässt sie das Auge bedeckt und sich ganz brav auf dem Platz herumführen. Zur Belohnung darf sie anschließend auf dem Pappelweg grasen. Und das genießt sie so sehr, dass sie darüber die Augenbinde völlig vergisst.

Die „Kleine" entwickelt sich

In der darauf folgenden Zeit machen Manuela und Cherry wiederholt die schönsten Ausritte, manchmal mit Wallo und Dunja oder mit Josef und dessen Dunja. Und stets ist Cherry lieb und zuverlässig. Sie folgt brav ihrem jeweiligen erfahrenen Kameraden und ist durch nichts zu erschüttern.

Ist es beispielsweise eine Gruppe von Waldläufern, die frontal auf sie zusteuert oder Golda, die Hofhündin, die plötzlich aus dem Unterholz hervorbricht, zuckt unsere Dicke nur kurz zusammen, aber dann geht es weiter. Auch ein umgestürzter Baumstamm bereitet ihr nur kurzes Unbehagen. Wie immer lässt sie sich von Manuela überreden hinüberzusteigen. Wenn Cherry im Windschatten ihres Führpferdes marschiert, kann sie nichts aus der Ruhe bringen.

Einmal haben Josefs Dunja und Cherry einen steilen Hang hinunterklettern müssen, der zum Reitweg hin noch einmal besonders abschüssig wurde. Während Dunja mit Josef ohne Schwierigkeiten den Absprung schafft, bleibt Cherry auf der letzten Schräge stehen und traut sich nicht.

Manuela versucht es mit Zureden, vermehrtem Treiben, aber Cherry ist unsicher – sie reagiert nicht. Bis sie dann plötzlich einknickt und die schräge Ebene hinunterrutscht. Sie hat das Problem auf ihre Weise gelöst. So nichtsnutzig und kess sie manchmal sein kann, in den entscheidenden Situationen zeigt sie Verlässlichkeit. Sie ist ein echter Kumpel geworden. Nach allen Ausritten wird sie natürlich liebevoll versorgt und mit Leckerbissen belohnt. Erwartungsvoll steuert sie sogleich auf ihre Krippe zu, wo ihr Tribut auf sie wartet, und das weiß sie genau. Kaum hat sie alles vertilgt, kommt sie auf uns zugetrottet zum Schmusen oder vielleicht auch, um noch etwas aus unseren Taschen zu holen.

Beinahe ein Paradies

Unser lang gehegter Wunsch wird endlich wahr: Cherry bekommt eine Weide. Nun scheint das Paradies vollkommen.

Natürlich ist uns für Cherry nichts zu teuer. Um die Kosten aber dennoch in einem vertretbaren Rahmen zu halten, haben wir uns die Koppel mit Wallos Dunja geteilt. Und wir hoffen, dass die beiden Pferde sich vertragen werden, denn von den Ausritten her kennen sie sich ja.

Der Verwalter des Gestüts hat geknurrt: „Die Pferde sind hier immer das Wichtigste. Andere Arbeit muss liegen bleiben, zuerst müssen die Weiden eingezäunt werden. Die Pferde sind ja wichtiger als die Menschen!" Wir hoffen, dass er es nicht so bösartig meint, obwohl wir natürlich wissen, dass ihm die Kühe als Nutztiere wichtiger sind.

Kurz nachdem ich die erfreuliche Mitteilung erhalten habe, klingelt das Telefon. Es ist Wallo: „Renate, hast du auch schon die frohe Botschaft bekommen?"

„Ja, wunderbar. Heute Abend geht es sofort auf die Weide."

„Prima, das hab ich mir gedacht", meint Wallo. „Und das ist auch der Grund, warum ich anrufe. Könntet ihr Dunja mit hinausnehmen? Ich kann nämlich heute nicht kommen."

„Aber natürlich. Ist doch Ehrensache."

Manuela und ich überlegen am Abend, wie wir dabei am sinnvollsten vorgehen können. Ich bin ja immer noch keine Hilfe (habe gerade ohne Gips die ersten Gehversuche unternommen), und das Weideproblem hat mal wieder Manuela alleine zu bewältigen. Wir beschließen, dass zuerst Cherry auf die Weide geführt wird, damit sie schon ein bisschen Pulver verschießen kann. Aber nichts dergleichen geschieht. Cherry denkt nicht ans Toben, sondern stürzt sich wie eine Verhungernde auf das saftige Gras und frisst und frisst.

Kann also Dunja auch gleich geholt werden. Und zum ersten Mal unterbricht unsere Dicke ihre Mahlzeit und hebt ein wenig den Kopf, um den Neuankömmling zu mustern. Ihr ist Dunja recht, denn sie liebt Geselligkeit. Dunja allerdings verhält sich anfangs noch recht abweisend. Wenn es Cherry zu sehr in ihre Nähe drängt, legt sie abwehrend die Ohren an. Unser argloses Krümel ist darüber zutiefst erstaunt. Doch Cherry lässt sich nicht abschrecken und probiert immer wieder vorsichtig, sich an Dunja heranzupirschen. Und endlich wird diese etwas zugänglicher.

Wir sind glücklich. Unsere Pferde fühlen sich wohl. Bis dann die Rückkehr in den Stall erfolgen soll und das Problem aufwirft, wer zuerst zurückgebracht wird.

Cherry war als Erste auf der Weide, also denken wir, soll sie sie auch als Erste verlassen. Doch der Racker hat noch keine Lust. Manuelas Absicht erkennend und übermütig Haken schlagend, versucht sie trickreich, sich zu entziehen. Aber nach einigen munteren Sprüngen bleibt sie schließlich gutmütig stehen und lässt sich einfangen. Nun will Dunja natürlich auch direkt mitgehen und schnaubt unruhig und aufgeregt vor sich hin, als sie zurückgelassen wird.

Die Wartezeit erscheint uns beiden endlos. Als dann endlich Manuela wieder auftaucht und Dunja ruft, wiehert diese ihr voller Erleichterung entgegen. Und obwohl sie eingangs ungern die herausgezogenen Stangen der Koppelöffnung passiert hat, machen sie ihr jetzt gar nichts mehr aus. Ihr scheint alles akzeptabler zu sein, als allein gelassen zu werden.

Am nächsten Tag, einem strahlend schönen Pfingstsamstag, gehen wir erneut mit unseren Pferden weiden. Wir haben uns eine Decke mitgenommen, Bücher und eine Tüte Proviant. Die Pferde kommen uns hin und wieder besuchen, schnuppern neugierig auf der Decke herum, um sich dann wieder zu trollen, wobei unser Krümel wieder unentwegt Tuchfühlung zu Dunja sucht. Diese ist heute nicht mehr abweisend und lässt Cherry bereits ein wenig näher herankommen.

Spannend wird es erst, als Manuela und ich Hunger bekommen und uns vorsichtig ein Brötchen aus der Tüte holen. Dieses Geräusch ist Cherry natürlich nicht entgangen. Mit angespannten

Schritten und immer länger werdendem Hals kommt die Dicke auf uns zu und stiehlt uns das Brötchen regelrecht vom Munde fort. Dabei tappt sie auf der Decke herum und ist erst wieder rückzugsbereit, als sie feststellt, dass bei uns nichts mehr zu holen ist. Dunja ist natürlich umgehend gefolgt.

Wir sind wunschlos glücklich und fühlen uns mit unseren Tieren wie im Paradies.

Unsere eifersüchtige Kleine liefert uns an diesem Tag noch einen Beweis ihrer Besitzerrechte, über den wir fassungslos sind. Wie schon gesagt, ist Cherry am liebsten ganz nah bei Dunja. Sie frisst neben ihr, hebt den Kopf, wenn diese es tut, schaut in dieselbe Richtung.

Wir sitzen immer noch auf unserer Decke in einer Koppelecke und beobachten unsere Tiere. Dunja grast gerade neben dem Weidezaun und kommt dabei langsam auf uns zu. Cherry, ganz nah neben ihr, grast auch. Doch ihr entgeht dabei nichts. Plötzlich marschiert Dunja, ohne anzuhalten, auf uns zu. Cherry erkennt ihre Absicht und springt wie ein kleiner Derwisch im Zickzackkurs vor Dunja her. Einmal versucht sie, ihr frontal mit angelegten Ohren den Weg zu versperren, während sie sie im nächsten Augenblick mit ihrem Hinterteil (sprich: Kruppe) am Weitergehen hindern will. Dabei schlägt Cherry nicht mit den Hufen, denn Dunja zu verletzen, ist nicht ihre Absicht. Aber sie hat durch ihr Manöver erfolgreich vereiteln können, dass Dunja uns erreicht. Und Cherry gibt sich erst zufrieden, als Dunja von ihrem Vorhaben ablässt.

Als an diesem Tag der Rückmarsch zum Stall erfolgen soll, beschließen wir, zuerst Dunja zurückzuführen. Ich meine zuversichtlich: „Cherry wird sich bestimmt nicht so aufregen, wenn ich bei ihr bleibe. Schließlich sind wir miteinander vertraut."

Aber weit gefehlt. Unser Pferd schreit und tobt hinter Dunja her, wie ich es noch nicht erlebt habe, ist nicht mehr zu beruhigen und keinem Zuspruch zugänglich. Der Herdendrang ist mächtiger, und Cherry leidet Höllenqualen.

Doch am darauf folgenden Tag, als sie mit uns ganz alleine auf der Weide ist, scheint alles in Ordnung zu sein. Allerdings bleibt sie sehr in unserer Nähe, will auf die Decke, um sich Streicheleinheiten abzuholen.

Besonders bezaubernd ist Cherry an einem der nächsten Abende. Wir halten mit unserem Auto direkt vor der Stalltür, als uns bereits ein lautes, ungehaltenes Gewieher entgegenschlägt: unverkennbar Cherry!

Manuela sieht mich fragend an: „Was hat denn unser Krümel? Und was macht sie so grantig?"

Mir fällt zur Erklärung ein: „Wir kommen heute zu spät. Die Dicke scheint etwas ungehalten zu sein, weil sie länger warten musste."

Und das ist der Grund. Cherry bedrängt uns stürmisch und will hinaus aus ihrer Box. Ich eile rasch mit ein paar Begrüßungsmohrrüben zu ihr, während Manuela Halfter und Putzzeug holt. Danach habe ich Cherry nur einen Augenblick den Rücken zugekehrt und mit einem Stallkollegen gesprochen, als sie mit ruhigen Schritten ihre Box verlässt und in Richtung Weide davonmarschiert. Unterwegs macht sie noch kurz bei Dunja Station, um auch sie zum Mitgehen aufzufordern. Ich bin sprachlos über die Selbstverständlichkeit, mit der unser Pferd seinen Willen bekundet.

Ein glücklicher Sommer

Wir erleben einen glücklichen Sommer mit unserem Pferd. In diesem Jahr wird unser Urlaub zu einem wahren Genuss für uns und, wie ich denke, auch für Cherry. Hinzu kommt noch, dass auch der Wettergott auf unserer Seite ist und wir die Pferde an jedem Morgen auf die Weide bringen können, an ganz besonders heißen Tagen auch erst am Abend. Und dann braucht Cherry nichts weiter zu tun, als zu grasen und sich von uns pflegen zu lassen.

Nur hin und wieder reiten wir mit ihr ins nahe Waldgebiet. Wenn Manuela alleine mit Cherry unterwegs ist, begleite ich die beiden, so lange ich mit ihnen Schritt halten kann. Anschließend schlendere ich zu einem ergiebigen Himbeergebiet und verbringe dort eine angenehme Wartezeit. Kommen die zwei auf ihrem Rückweg an dieser Stelle vorüber, entdeckt Cherry mich sofort. Ihre Ohren sind bereits gespitzt und sie marschiert zielstrebig in meine Richtung, bevor Manuela mich gesehen hat.

Den Pferden geht es allen sehr gut in diesem Sommer. Die Stutenherde des Gestüts hat ihre Freude mit ihren Zöglingen auf der Weide, aber auch ihre liebe Not mit den unausbleiblichen Erziehungsproblemen.

Mit Cherry machen wir wiederholt die Erfahrung, dass ihr unsere Gesellschaft nur so lange etwas bedeutet, wie nichts Gescheiteres, sprich Artverwandtes erreichbar ist. Eines Sonntagmorgens bringt uns diese Erkenntnis eine qualvolle halbe Stunde ein.

Wieder haben wir beschlossen, unserem Pferd einen „Nur-Weide-Tag" zu gewähren und aufs Reiten zu verzichten. Und Cherry gefällt das sehr gut. Bis Dunja, ihre Freundin, plötzlich mit einer fremden Reiterin auf dem nahegelegenen Abreiteplatz erscheint. Cherry spitzt die Ohren und wartet. Als sie jedoch erkennen muss, dass Dunja nicht zu ihr kommt und sich immer wieder aus ihrem Gesichtskreis entfernt, beginnt ihre Not. Laut schreit sie ihren Ärger hinaus; mit Wiehern hat das kaum noch eine Ähnlichkeit.

Aber auch Dunja ist unkonzentriert und immer wieder versucht, in Cherrys Nähe zu gelangen, bis ihre Reiterin endlich, nach langen Minuten, ein Einsehen hat, absitzt und Dunja auf die Weide entlässt. Ein schriller Freudenschrei empfängt sie, und Cherry ist augenblicklich an Dunjas Seite. Kurze stürmische Begrüßung, und beide beginnen einträchtig nebeneinander zu grasen.

Welch ein kümmerlicher Ersatz dafür kann schon ein menschliches Wesen sein? Froh und glücklich sollte ein jeder Mensch sich schätzen, wenn er in anderen Situationen von seinem Pferd als Freund und Kamerad akzeptiert wird.

Ein Ritt in der Dunkelheit

Inzwischen ist es Herbst geworden. Die Abende werden kürzer und zwangsläufig unsere Ausritte auch. Zu allem Überfluss hat es noch Ende September die Zeitumstellung gegeben, nach der die Uhren um eine Stunde zurückgestellt werden müssen. Wir haben wieder Winterzeit und können uns nur schwer daran gewöhnen, wie überraschend uns die Dunkelheit überfällt.

Spätnachmittags an einem Mittwoch habe ich mich mit Wallo zu einem Ausritt verabredet. Wir hoffen, noch im Hellen zurückzukehren, denn Cherry, inzwischen vier Jahre alt, ist noch niemals bei Dunkelheit unterwegs gewesen. Als wir endlich mit dem Putzen unserer Pferde fertig sind, ihre Beine bandagiert, sie aufgetrenst und gesattelt haben, ist es fast 18 Uhr geworden. Der Abend ist ungewöhnlich mild, aber uns ist das nur recht. Wir genießen die milde Abendluft und das vertraute Miteinander unserer Pferde.

Cherry ist zu Beginn des Ausritts ein wenig träge. Sie hat schon ihren Abendhafer verspeist, und mit vollem Bauch marschiert es sich bekanntlich nicht besonders gut. So schlendert sie am langen Zügel durch den Hohlweg. Doch diese Trägheit ist schlagartig verflogen, als wir aus dem Hohlweg herausreiten und links auf der Koppel neben dem Reitweg eine Herde Gestütspferde auf uns zugaloppiert kommt. Ist das eine Begrüßung und ein erregtes Geschnaube! Wir haben große Mühe, unsere Pferde zum Weitergehen zu bewegen, besonders ich, denn Cherry ist ein ausgesprochen kontaktfreudiges Geschöpf. Nur schwer kann sie sich von ihren Artgenossen trennen. Noch im Weitergehen schaut sie sich sehnsüchtig nach ihnen um.

Wir lassen unsere Pferde im Schritt die leichte Steigung zum nahen Waldgebiet hinaufklettern, als Wallo plötzlich meint: „Großer Gott, heute ist ja Mittwoch. Der Tag der Waldläufer!"

„O, je, der Ärger ist vorprogrammiert. Aber wo sollen wir hin?"

„Dort vorne ist ein abgemähtes Stoppelfeld, wahrscheinlich das letzte, das wir in diesem Jahr noch erwischen", meint
Wallo. „Der erste Galopp jedenfalls ist uns hier sicher. Bist du
bereit?"

„Ja, es kann losgehen. Traben wir an."

Und Wallo, die Cherrys Vorliebe kennt, sich an Dunjas Schweif
zu heften, fragt zögernd: „Meinst du, wir können nebeneinander
galoppieren?"

„Versuchen wir es", ist meine nicht ganz glückliche Antwort.

Und schon geht's los. Als Dunja jedoch zum ersten Galopp-
sprung ansetzt, fällt sie seitlich zu uns aus. Cherry macht ihrer-
seits einen erschreckten Satz zur Seite, und ich schwanke wie
ein Fragezeichen auf ihrem Rücken hin und her. Doch blitzartig
habe ich den rettenden Gedanken: Kniee zu! Und mit eisernem
Knieschluss gelingt es mir, mich im Sattel zu halten, trotz des
leichten Sitzes, den ich bereits eingenommen hatte. Und Cherry
verringert nicht einen Augenblick ihr Tempo und stürmt hinter
Dunja her. Ich fühle mich ziemlich unbehaglich, bin mit beiden
Füßen in die Steigbügel gerutscht und meine, wie ein nasser Sack
auf dem Pferderücken zu hängen. Cherry spürt meine unsichere
Haltung und scheint sie auch beunruhigend zu finden.

Als wir schließlich den Wald erreicht haben, beginnt es bereits leicht dämmerig zu werden. Wir haben die Pferde gerade
zum Schritt durchpariert, als uns die erste Gruppe der Waldläufer entgegenkommt. Und jedesmal, wenn Cherry sie nicht
rechtzeitig ausmachen kann, erschrickt sie sehr. Sie zuckt dann
so stark unter mir zusammen und bleibt vor Erstarrung wie
festgewurzelt stehen, dass ich alle Mühe habe, sie wieder zu beruhigen. Es scheint heute wirklich kein guter Tag zu sein – der
Tag der Waldläufer!

Und jetzt bei zunehmender Dunkelheit empfinden die Pferde
diese heranwalzenden Menschenmassen als besonders unan-
genehm. Zwar haben wir vorsorglich nur die erlaubten Reit-
wege gewählt – aber auch hier ein nicht enden wollender Men-
schenstrom. Dabei reagieren die einzelnen Abteilungen ganz
unterschiedlich auf uns und unsere Pferde.

Eine Frau meint empört: „Ich habe Sie doch schon ein paar Mal mittwochs hier gesehen."

Worauf Wallo trocken erwidert: „Ich Sie auch."

Doch wir begegnen auch Läufern, die rücksichtsvoll sind, und auch wir sind bemüht, niemanden zu behindern.

Cherry versucht beständig, bei Dunja Schutz zu finden. Ich brauche sie an diesem Abend niemals zu ermahnen, nicht zu bummeln. Kaum ist Dunja ein paar Schritte voraus, trabt Cherry freiwillig an, um ganz rasch wieder in ihrer schützenden Nähe zu sein. Wir kommen nur sehr langsam vorwärts; und die Dunkelheit nimmt schneller zu, als wir vermutet hatten. Cherry stolpert über Baumwurzeln und unsichtbar gewordenes Gestrüpp, und unsicher und furchtsam marschiert sie weiter.

Als wir endlich den Wald verlassen und wieder freies Feld erreicht haben, steht der Mond bereits in vollem Glanz über uns. Zu unseren Füßen schimmert und glitzert das Lichtermeer der Rheinebene. Doch bleibt uns kaum Zeit, diesen zauberhaften Anblick zu genießen, denn erneut spüre ich unter mir Cherrys Erstarren. Einen kurzen Augenblick – und schon hat sie wieder ihren Platz neben Dunja eingenommen und drängt heimwärts. Die Dunkelheit beunruhigt sie stark. Ganz behutsam und verhalten setzt sie ihre Hufe, hat die Ohren weit nach vorn gestellt und blickt voller Argwohn nach allen Seiten. Wie ein Storch stakt sie mit vorsichtigen Schritten durch einen Streifen Winterfutter, argwöhnisch die unheimlichen Pflanzen beobachtend, die sich um ihre Beine schlängeln.

Und plötzlich hat sie das Bedrohende entdeckt, auf das sie die ganze Zeit gelauert hat. Mir ist nichts Verdächtiges aufgefallen, bis Cherry plötzlich unter mir zusammensackt, ganz klein wird, dann einen gewaltigen Satz zur Seite vollführt. Wie durch ein Wunder bleibe ich auch jetzt noch im Sattel und kann mein Tier wieder einigermaßen beruhigen. Cherrys furchtsames Schnauben jedoch verrät mir, wie groß ihre Erregung ist und wie unheilvoll ihr die Dunkelheit erscheinen muss. Währenddessen geht Dunja, das erfahrene alte Mädchen, wie ein ruhender Fels in der Brandung neben uns her. Alle Eskapaden Cherrys können sie nicht aus der Fassung bringen. Dunja kennt ihren Heimweg, und sie kennt aus jahrelanger Erfahrung auch die Dunkelheit, die für sie keinerlei Schrecken birgt.

Voller Bangen warte ich indessen auf die unausbleibliche Begegnung mit den Jungpferden von der Koppel. Und sie kommt mit unvermeidlicher Geschwindigkeit auf uns zu. Sogar Dunja beginnt jetzt zu tänzeln. Cherry ist nur noch eine gespannte Ladung Dynamit.

Und plötzlich lässt eine dieser dunklen Schattengestalten auf der anderen Seite des Zaunes ein schauerliches Schnauben ertönen, das Cherry voller Entsetzen zusammenfahren lässt. Sie will fliehen, versucht nach links auszuweichen, doch hier steht Dunja. Dann nach rechts; hier ist der Weidezaun. Und gegenüber versperrt eine Hecke den Fluchtweg. Nun gerät Cherry vollends in Panik. Sie wird so klein, dass ich jeden Augenblick befürchte, gleich würde sie sich fallen lassen. Doch irgendwie bringe ich auch jetzt mein zitterndes Pferd wieder zur Besinnung und fordere es mit ruhiger, fester Stimme zum Weitergehen auf. Wie in Trance bewegt Cherry sich vorwärts, bis wir endlich den Hohlweg erreicht haben, der schon beinahe „Heimatstall" bedeutet. Aber seine sonst so schützende Begrenzung erscheint jetzt dunkel und unheilvoll. Und erneut hängt sich Cherry buchstäblich an Dunjas Schweif; doch der erhoffte Schutz bleibt aus. Ein Mäuschen raschelt unter dem Blattwerk, und Cherrry erbebt. Begütigend streichle ich ihren Hals und rede unentwegt und beruhigend auf sie ein.

Wallo bekommt einen Lachanfall, als sie hinter sich die Worte vernimmt: „Du brauchst doch keine Angst zu haben, mein Schätzelein. Die Mami ist ja bei dir." Aber der Klang meiner Stimme hilft ein wenig, Cherrys Angst zu verringern.

Als wir endlich den Hof erreichen, ist ihre Erleichterung unbeschreiblich, und sie tut einen Seufzer, der aus tiefsten Tiefen kommt. Trotz aller ausgestandenen Schrecken bin ich überglücklich mit meinem Pferd. Cherry hat niemals versucht, mich abzusetzen, zu buckeln oder gar zu steigen, was bei ihrer Angst verständlich gewesen wäre.

Sie hat ihre Furcht vor der geheimnisumwitterten Dunkelheit, die ganz natürlich war, großartig gemeistert. Für ein junges, unerfahrenes Pferd hat Cherry sich einzigartig verhalten. Und ich denke, dass das nicht zuletzt auf ihrem Vertrauen basiert und dem Wissen darum, dass ihr nichts geschehen kann, wenn meine Tochter Manuela oder ich bei ihr sind.

Die Bewährung

An diesem Nachmittag habe ich mich mit Gabi, einer Reiterkollegin, zu einem Ausritt verabredet, obwohl es für uns alle ein ganz trauriger Tag ist. Unser Freund und Reiterkamerad Josef ist heute beerdigt worden. Für alle ist sein plötzlicher Tod ein großer Schock.

Doch die Pferde brauchen Bewegung, und wir starten bei herrlichem Sonnenschein, der so gar nicht zu unserer trüben Stimmung passen will. Gabi reitet heute Wallos Dunja, die mit ihren sechzehn Jahren noch erstaunlich munter und vital ist und Cherrys liebste Begleiterin. Wir reiten über abgeerntete Stoppelfelder in Richtung Waldgebiet. Golda, die Hündin vom Gestüt, begleitet uns und erschreckt Cherry immer wieder durch ihr plötzliches Hervorbrechen aus dem Gebüsch.

In angeregtem Gespräch haben wir beinahe den Waldrand erreicht, als wir noch ein wenig über das Stoppelfeld traben und einen kleinen Galopp einlegen. Und schon hat der Wald uns aufgenommen. Wir parieren unsere Pferde zum Schritt durch, denn der Weg ist hier hart und ausgedorrt. Eine wohltuende Kühle hat uns empfangen, und unbeschwert reiten wir nebeneinander her.

Plötzlich schreckt Gabi aus ihren Gedanken empor und fragt: „Wo ist Golda geblieben? Hast du sie gesehen?"

„Nein, ich kann sie nicht entdecken". Und „Golda, Golda" rufend, versuche ich, die Hündin herbeizulocken, was mir meistens auch gelingt. Heute ist es vergeblich; von Golda fehlt jede Spur.

Gabi reagiert blitzschnell. Mit den Worten: „Wir müssen sie suchen", wendet sie Dunja auf dem schmalen Waldweg und stürmt in rasendem Galopp davon. Uns bleibt keine andere Wahl, als ihr zu folgen, obwohl sich Cherry dabei äußerst unbehaglich fühlt. Zwar galoppiert sie im gleichen Tempo hinterdrein, um ihre geliebte Dunja nicht zu verlieren, ist jedoch völlig verkrampft und verspannt. Die Plötzlichkeit dieses Galopps hat sie arg überfallen.

Während ich Dunja bereits auf dem Feldweg dahinrasen sehe, haben auch wir den Rand des Waldes erreicht. Und plötzlich – am Wegesrand befindet sich, von mir unbemerkt eine Wasserpfütze – macht Cherry einen gewaltigen Satz zur Seite, landet im angrenzenden Feld und galoppiert weiter, während ich wie ein Strohhalm im leichten Sitz über ihr schwanke und – so schnell kann ich überhaupt nicht reagieren – auch schon auf dem Boden liege. Ich sehe mein davonstürmendes Pferd und habe nur den einen Gedanken: Um Gottes Willen, nur nicht in die Zügel treten und stürzen!

Noch etwas verblüfft darüber, wie schnell ich aus den Steigbügeln herausgerutscht bin, rufe ich so ruhig ich vermag: „Cherry, komm her zu mir. Cherry!" Und meine Stimme hat sie erreicht. Cherrys Ohren spitzen sich aufmerksam bei meinem ersten Ruf. Ich höre nicht auf, sie mit freundlicher Stimme zu mir zurückzulocken.

Und das Unglaubliche geschieht. Cherry, dieses junge, unerfahrene Pferd, zögert in ihrem Lauf, bleibt plötzlich unschlüssig stehen, schaut sich nach mir um – dies sind die bangsten Minuten für mich – und kommt langsam wieder auf mich zu.

Ich kann mein Glücksgefühl in diesem Augenblick gar nicht beschreiben. Schmerzen und Prellungen sind vergessen. Langsam gehe ich auf Cherry zu, die noch aufgeregt schnaubend in einigem Abstand stehen bleibt, ergreife ihre Zügel und spreche beruhigend auf sie ein. Ganz allmählich klingt nun auch ihre Erregung ab, denn ich habe sie mit der seltsamen Art meines Absitzens doch gewaltig irritiert. Willig lässt sie mich wieder aufsteigen, und langsam reiten wir in den Wald zurück, wo Gabi auch schon eingetroffen ist, ohne Golda gefunden zu haben.

Noch im Lauf der nächsten Wochen, wenn wir in die Nähe dieser bewussten Stelle kommen, wird Cherry unruhig. Es dauert eine geraume Zeit, bis sie diesen unliebsamen Vorfall vergessen hat.

Und wieder muss ich an unseren verstorbenen Freund denken. Wir alle wussten aus Erfahrung, dass Cherry von jeher vor jeder Regenpfütze und vor Wasser überhaupt einen unüberwindlichen Abscheu hat. Als wir einmal mit Josef ausgeritten waren und Cherry beim Anblick einer kleinen Wasserstelle in einem großen Bogen und mit ängstlichen Blicken zurückgewichen war, hatte er mir eindringlich geraten: „Lass das nicht durchgehen. Du musst sie durch die Pfütze hindurchtreiben. Was willst du machen, wenn sie eines Tages in vollem Galopp davor bremst?"

Und lachend hatte ich erwidert: „Dann werde ich künftig auf jeden Galopp verzichten, wenn es geregnet hat. Ich kann doch mein Pferdchen nicht ärgern."

Und Josef hatte nachsichtig lächelnd gemeint: „Du musst es selber wissen. Aber richtig ist es nicht, was du tust."

Ich ahnte damals schon, dass er recht hatte; nur wahrhaben wollte ich es nicht. Und ausgerechnet heute muss seine Prophezeiung mich einholen. Ich werde Josef, unseren Reiterkameraden, sehr vermissen, denn die gemeinsamen Ausritte waren immer angenehm und ruhig verlaufen. Er hat uns fürsorglich und besonnen durch die Wälder geführt, in denen er sich auskannte. Und dennoch: Unser Pferd hatte sich mustergültig verhalten. Es ist zu mir zurückgekehrt, und das ist bei einem jungen Pferd keineswegs selbstverständlich, da es sein Instinkt immer in Richtung heimatliche Stallungen treibt.

Als wir nach diesem Ritt wieder auf dem Margarethenhof eintreffen, kommt Golda uns schwanzwedelnd entgegen. Sie hatte ganz einfach keine Lust mehr gehabt und war zurückgelaufen.

Und dafür habe ich meinen ersten Sturz hinnehmen müssen.

Ein Schicksalsschlag

Während der Zeit unseres täglichen Beisammenseins hat Cherry die Erfahrung gemacht, dass von unserer Seite niemals etwas Böses zu befürchten ist. Dieses Wissen und das daraus resultierende Vertrauen machen es überhaupt möglich, alle Schicksalsschläge zu verkraften, die uns bald darauf heimsuchen sollten.

Cherrys Schwachstelle sind von Anbeginn ihre Augen. Bindehaut- und Lidbindehautentzündungen treten in unregelmäßiger Folge auf und bereiten uns oft große Sorgen. Von Stallkollegen werden wir immer wieder dahingehend beschwichtigt, Cherry könne Zug bekommen oder ihre Augen an einem Strohhalm verletzt haben, was wir natürlich gerne glauben wollen. Mit Hilfe unseres Tierarztes gelingt es auch, die Entzündungen zu heilen. Und bereits bei diesen Prozeduren beweist Cherry großes Vertrauen. Sie wehrt sich kaum gegen die Untersuchung, die gewiss nicht angenehm ist und lässt sich auch die verordneten Tropfen ohne Abwehr hineinträufeln. Bei ihrer Eigenwilligkeit beachtlich.

Doch eines entsetzlichen Tages haben diese Tropfen nicht mehr den gewohnten Erfolg. Cherrys Augen bleiben dick verquollen und geschlossen und scheinen äußerst lichtempfindlich zu sein. Unser Pferd steht da wie ein Bild des Jammers. Cherry leidet Schmerzen, das ist unverkennbar, und dieser Anblick ist auch für uns eine Qual.

Wir rufen sofort den Tierarzt um Hilfe, der aufgrund der geschilderten Symptome augenblicklich zur Stelle ist. Seine Diagnose ist niederschmetternd. Was wir zwar unterschwellig befürchtet, aber dennoch ständig verdrängt haben, erfährt eine Bestätigung: Cherry ist beiderseits an der Periodischen Augenentzündung erkrankt. Dies trifft uns wie ein Todesurteil. Denn natürlich haben wir uns über diese Krankheit informiert, wissen um ihren tückischen Verlauf, die bleibenden Schäden und die Hoffnungslosigkeit einer Heilung, auch dass durch eine Häufung der Krankheitsschübe, die regelmäßig (eben periodisch) oder auch in unregelmäßiger Folge auftreten können, eine Erblindung des Pferdes zu befürchten ist.

Unsere Verzweiflung ist unbeschreiblich. Die qualvollen Wochen, die Cherry in „Dunkelhaft" verbringen muss, ohne zu begreifen, warum, sind für uns nicht weniger leidvoll. So oft wir können, leisten wir unserem Pferd Gesellschaft in seiner einsam gelegenen dunklen Box und versuchen mit allen möglichen Tricks, Cherry das Futter schmackhaft zu machen, indem wir beispielsweise Mohrrüben- und Apfelstücke unter den Hafer mischen, den unser Krümel dann hin und wieder, aber auch nur aus unserer Hand, entgegennimmt.

Diese entsetzliche Zeit scheint nicht enden zu wollen. Trotz alledem ist Cherry eigentümlich duldsam. Wird sie zur Behandlung – mehrmals täglich – aus ihrer Box geführt, lässt sie jede Anwendung widerstandslos über sich ergehen. Sicher spürt sie selbst, dass die Schmerzen nach jeder dieser Prozeduren ein wenig nachlassen.

Mit gut gemeinten Ratschlägen, wie: „Versuchen Sie schleunigst das Pferd zu verkaufen, sobald die Entzündung abgeklungen ist", oder: „Da kann man nichts mehr machen; dieses Pferd wird niemals mehr gesund. Am besten geben Sie es gleich zum Metzger. Dann sparen Sie weitere Tierarztkosten", wird nicht gespart. Doch für uns gehört Cherry zur Familie. Und dass man ein Familienmitglied nicht verkauft, selbst wenn es einmal erkranken sollte, dürfte selbstverständlich sein. Für Cherrys Wohl haben wir Verantwortung übernommen, die wir Zeit ihres Lebens tragen wollen. Das steht unverbrüchlich fest.

Nach drei qualvollen Wochen geht es langsam bergauf. Wir beginnen, Cherry täglich in der dunklen Halle zu führen, sobald alle anderen Reiter diese verlassen haben. Und Cherry folgt uns brav wie ein Lamm und dankbar, dass sie sich endlich wieder bewegen darf. Es werden lange Abende. Nach einer weiteren Woche ist es dann endlich so weit: Cherry darf wieder ans

Licht, und in der darauf folgenden Woche sollen wir mit leichter Arbeit beginnen.

Endlich kann Cherry auch wieder in ihre angestammte Box umziehen, zu ihren vertrauten Nachbarn. Sie lebt sichtlich auf.

Doch leider reagieren ihre Augen seit dem Krankheitsschub äußerst empfindlich auf kalte Luft (es ist Januar geworden) und den Staub in der Reithalle. Wieder entzünden sie sich, und voller Panik rufen wir den Tierarzt. Dieses Mal jedoch kann er uns insoweit beruhigen, als es kein neuer Schub der gefürchteten Periodischen Augenentzündung, sondern „nur" eine Bindehautentzündung ist, hervorgerufen durch äußeren Reiz. Aber auch das ist schlimm genug und wiederholt sich in kürzesten Abständen. Die schwere Erkrankung hat Cherrys Augen derart geschwächt, dass fortan ein kalter Luftzug, der Hallenstaub oder auch starke Sonneneinwirkung zu Entzündungen führen.

Unser Tierarzt ist verständnisvoll in dieser für uns so schweren Zeit. Stets kommt er sofort, wenn wir ihn rufen. Denn gerade bei dieser tückischen „Mondblindheit", wie die Krankheit auch genannt wird, können Minuten entscheidend sein. Sobald nämlich die Krankheitserreger, die Leptospiren, eine Verengung und damit die Unbeweglichkeit der Iris bewirken, ist die Erblindung unabwendbar. Kann der Tierarzt hier aber rechtzeitig Atropintropfen verabreichen, die die Pupille augenblicklich erweitern und einem Verkleben entgegenwirken, ist die Gefahr für den Augenblick gebannt.

Unser erster angstvoller Blick, wenn wir täglich die Stallgasse betreten, gilt seitdem Cherrys Augen. Sollte unser Pferd dazu verdammt sein, für den Rest seines Lebens nicht mehr aus seiner Box herauszukommen? Das wäre für ein vierjähriges, kraftvolles Tier unvorstellbar.

Ein Augenschutz für Cherry

So vergehen drei Monate, bis mich plötzlich eine wahnwitzige Idee verfolgt. Ich will versuchen, für Cherry einen Augenschutz zu konstruieren, wie, das weiß ich zunächst nicht. Aber dieses Vorhaben lässt mich nicht mehr ruhen. Als mögliche Lösung schwebt mir etwas großes Brillenartiges vor.

Und das Experiment gelingt. Aus der größten Motorradfahrerbrille, die ich finden kann, bastle ich für unser Pferd einen Augenschutz, der die Augen luftdicht abschließt und an seinen unteren Seiten über Luftklappen verfügt, die das Beschlagen der Gläser verhindern. Unterlegt wird dieses Gestell mit Schaumstoff, augengerecht angeschrägt.

Und entgegen allen Prophezeiungen akzeptiert unser geduldiges Tier diese Montur, die wir, zeitlich natürlich sehr behutsam dosiert, erproben. Endlich, um die Osterzeit, kommt der ersehnte Augenblick. Cherry tollt munter und ohne Steuerungsschwierigkeiten in der Halle umher. Sie kann auch wieder geritten werden. Und zur Weidesaison ist die Brille bereits eine Selbstverständlichkeit, mit der sie sich sogar ohne Probleme wälzen kann.

Als die Brille in freier Wildbahn dennoch einmal verloren geht, vervollständige ich Cherrys Ausrüstung mit einer Traberkappe, deren Augenausschnitte mit Plastikaufsätzen versehen werden und die sich beim Weidegang ausgezeichnet bewähren. Zum Reiten ist diese Kappe jedoch wegen des starken Hitzestaus darunter nicht geeignet. Hierfür bleibt die Brille eine unschätzbare Errungenschaft.

Der Sommer wird in diesem Jahr ungewöhnlich heiß, und auch auf der Weide bekommt Cherry Probleme mit der Traberkappe. Also muss ich mir wieder etwas einfallen lassen und nähe eine Kappe aus Frotteestoff. Der Sattler steppt die Plastikaufsätze drauf, und Cherry hat Erleichterung.

So leben wir bereits zwei Jahre dankbar und zufrieden mit unserem Pferd. Ein erneuter Schub der gefürchteten Krankheit hat sich nicht wiederholt. Wir atmen durch und sind überzeugt, dass die Periodische Augenentzündung für ein Pferd kein Todesurteil sein muss, wenn sein Besitzer Geduld und Verständnis beweist.

Kampfansage

Leider erweist sich nach diesen zwei Jahren und unserer aufkeimenden Hoffnung diese Einschätzung als Trugschluss. Glücklich hatte ich gemeint, mit Hilfe von äußeren Augenschutzmaßnahmen unser Pferd vor weitergreifenden Schäden bewahren zu können, was leider nicht gelang.

Zwar verhindert die Brille anderweitige entzündliche Prozesse der ohnehin geschwächten Augen und ist immer noch ein wirkungsvoller Schutz, gelegentlich auch mit getönten Aufsteckgläsern gegen zu grelle Sonneneinwirkung; doch die tückische Periodische Augenentzündung, die durch einen Krankheitsherd im Organismus des Pferdes hervorgerufen wird (also keine eigenständige Krankheit darstellt, wie in einigen wissenschaftlichen Arbeiten behauptet wird), ist durch äußere Maßnahmen nicht abzuwenden. Diese bittere Erkenntnis bleibt mir nach zwei Jahren voller Hoffnung nicht erspart. Leider erkrankt Cherry erneut an einem dieser periodischen Schübe, der relativ harmlos beginnt, auch nur das rechte Auge befällt, dessen weitere Auswirkung jedoch katastrophal wird.

Als erste Anzeichen bemerken wir flockige, weißlich-graue Ablagerungen im unteren Teil des Auges, die unser Tierarzt als Eiweißablagerungen ohne besondere Bedeutung diagnostiziert. Natürlich schauen wir Cherry von nun an wieder angstvoll in die Pupille. Zwei Monate lang bleibt das Bild unverändert; dann plötzlich hat sich über die untere Augenkammer der gefürchtete graublaue Schleier gebreitet. Das Auge tränt, die Lidbindehaut schwillt an, und Cherry ist wieder äußerst lichtempfindlich. Der Tierarzt verordnet die üblichen Augentropfen und eine Abdunkelung des rechten Auges. Zum Glück scheint das linke Auge gesund zu bleiben, was Cherrys Lebensumstände wesentlich erleichtert. Sie kann von der „Dunkelhaft" verschont werden, in ihrer heimatlichen Box bleiben und sich täglich in der Reithalle bewegen.

Doch unsere anfängliche Zuversicht, es handle sich bei diesem Schub nur um eine Geringfügigkeit, erleidet sehr bald einen argen Stoß. Der Zustand des Auges verschlimmert sich zunehmend, und die Augenflüssigkeit ergießt sich bald in kleinen Bächen zu Cherrys Nüstern hinunter. Wenigstens ist die Frotteekappe weich und geschmeidig, mit einem an dem Augenausschnitt angenähten Kartonstreifen von acht Zentimetern Höhe, der zu einem Kreis gerundet und mit Leinen überzogen wird. Darüber befestige ich einen dunklen Pappdeckel, der das Auge sowohl vor Reibung als auch vor Fremdkörpern schützt.

Und wieder verhält Cherry sich tapfer und geduldig. Wie bereits gewohnt, lässt sie alle Anwendungen über sich ergehen und zeigt dieses Mal keine erkennbare Schmerzreaktion, obgleich ich befürchte, dass sie Schmerzen leidet. Je länger dieses Krankheitsbild anhält – vier Wochen haben wir es geduldig ertragen –, um so unruhiger und hoffnungsloser werde ich.

Keine Fortschritte in der Forschung

Mit inständigen Bitten bestürme ich unseren Tierarzt, weitere Maßnahmen zu Cherrys Linderung zu versuchen und mit der Frage, ob man Cherry nicht einer umfassenden Untersuchung unterziehen müsse. Doch er als Fachmann belehrt mich, dass sich die Forschung auf diesem Gebiet noch auf dem Stand von vor fünfzig Jahren befinde, dass man nichts weiter tun könne, als verschiedene Augentropfen zu probieren, zu hoffen und abzuwarten,

Mir ist vor Ausbruch dieses periodischen Schubes mit zunehmender Besorgnis eine gewisse Konditionsschwäche an Cherry aufgefallen, die jedoch von allen Stallkollegen als absolut normal abgetan wird. Wird Cherry beispielsweise in der Reithalle eine halbe Stunde ganz gemütlich geritten, ist ihr Fell bereits nass, während das der anderen Pferde trocken bleibt. Ähnliche Beobachtungen mache ich bei langsamen Ausritten, werde jedoch wegen meiner „Anstellerei" verlacht und darüber aufgeklärt, dass ja auch wir Menschen von unterschiedlicher Konstitution seien, und der eine eben leichter transpiriere als der andere.

Der Augapfel – eine hellblaue Kugel

Zwischenzeitlich hat wieder die Weidesaison begonnen und Cherry darf mit abgedunkeltem Auge, in Begleitung eines ruhigen Pferdes, ihrer geliebten Dunja, die Weide genießen. Cherry hat sich daran gewöhnt, nur mit dem linken Auge zu sehen und sich vermehrt auf ihr Gehör zu verlassen.

Doch ich will das scheinbar Unvermeidliche nicht hinnehmen. Als uns eines schrecklichen Tages Cherrys Augapfel als hellblaue Kugel entgegenleuchtet, verlässt mich wirklich auch der Rest unvernünftigen Hoffens.

Voller Verzweiflung beginne ich, über die Fachpresse und private Kontakte Verbindung zu namhaften Veterinären in Deutschland und in der Schweiz zu suchen, leider ohne Erfolg. Nur ein Augenspezialist reagiert – nach einem halben Jahr! – die anderen überhaupt nicht. Im Augenblick meiner größten Not geben mir Bekannte, die einen Pferdegnadenhof führen, Namen und Anschrift eines Veterinär-Homöopathen mit Wohnsitz im Raum Bremen. Und dieser – bekannt durch seine Forschungsarbeiten und zahlreiche Fachbücher – erkennt unsere Notlage und versucht zu helfen, so gut dies durch Ferndiagnose möglich ist, denn ein Transport ist zu diesem Zeitpunkt nicht realisierbar.

Nach der von mir geschilderten Symptomatik äußert Dr. X. erstmals den Verdacht, dass der Ursprung von Cherrys Augenerkrankung vermutlich in einer Stoffwechselstörung begründet liege. Wir leiten Untersuchungen ein: Kotproben gehen an ein mikroökologisches Institut, die Erstellung eines Blutstatus erfolgt. Beide Untersuchungsergebnisse bestätigen diese Diagnose. Die Störung werde hervorgerufen durch eine Lebererkrankung und eine gestörte Darmflora.

Nun endlich kann eine gezielte Therapie beginnen mit fünf Medikationen täglich, Waschungen des Auges und Kompressenbehandlung mit Euphrasia extern (Augentrost), die endlich den Augenfluss stoppen und die Schwellung des Augenlides beheben. Unser Tagesablauf bedarf nun einer minutiösen Einteilung und Planung, denn da meine Tochter und ich achtstündig täglich berufstätig sind, wird die zeitliche Sonderbeanspruchung ziemlich stark.

Sechs Monate müssen wir durchhalten, beginnend mit der ersten Behandlung vor dem Frühstück und dem Aufziehen der Schutzkappe. Zur zweiten Behandlung startet meine Tochter während ihrer Frühstückspause (zehn Autominuten, wenn nichts dazwischen kommt); um 13 Uhr, während unserer Mittagspause, gemeinsame Fahrt; 17 Uhr: Dienstschluss für mich, während Manuela schon eine Stunde früher daheim ist, mich mit einer Thermoskanne heißen Wassers, vorbereitetem Augentrost, Behälter zum Erwärmen (die Kompressen müssen handwarm gehalten werden) erwartet. Dann fliegender Wechsel der Garderobe, Abfahrt zum Stall: vierte Maßnahme. Nun endlich kann Cherry unter unserer Obhut auf die Weide gebracht werden. Um jede weitere Verletzungsgefahr zu unterbinden, „weiden" wir mit ihr. Um 21 Uhr erfolgt dann die fünfte Anwendung mit Kompressen von der Dauer einer halben bis zu einer Stunde, die unser Pferd offensichtlich als wohltuend empfindet. Cherry neigt mir stets ihren Kopf entgegen, manchmal lässt sie ihn auch in meiner Armbeuge ruhen. Und da das gesunde Auge gelegentlich Ermüdungserscheinungen zeigt, wird es sporadisch ebenfalls mit zehnminütigen Kompressen behandelt, wonach eine sichtliche Belebung und Entspannung eintritt. 22 Uhr: Stallruhe und im späteren Stadium Abnahme der Schutzkappe.

Cherrys Augapfel hat sich in dieser Zeit von der Form einer türkisfarbenen Glaskugel zu einem grauen, fast bizarren Gebilde verwandelt, das mit blutig roten Streifen umrandet ist. Sehr langsam klingen diese beunruhigenden Erscheinungen ab, doch eine ellipsenförmige zähe graue Masse scheint sich vor die Linse geschoben zu haben.

Cherrys Allgemeinzustand bessert sich zusehends – kraftvoll und übermütig vollführt sie wieder die für sie so charakteristischen

Sprünge und munteren Buckler, wie ein ganz junges Fohlen. Die Stoffwechselstörung scheint durch entsprechende Medikation behoben zu sein, doch das Auge selbst zeigt keinerlei Reaktion. Auch weitere Behandlungen bringen keine Aufhellung. Wir müssen uns wohl mit Cherrys einseitiger Erblindung abfinden.

Weitere vier Monate gehen ins Land, in denen wir ohne große Illusionen und mit nunmehr reduzierten Medikationen weiterbehandeln, als ich überraschend den Anruf eines Tierheilpraktikers erhalte, der selber nach den Erkenntnissen und Lehren unseres Dr. X. behandelt und meinen Artikel über Cherrys Erkrankung gelesen hatte.

Spontan bietet er mir seine Hilfe an, kommt sofort zu uns, um Cherry zu untersuchen. Die nun eingeleitete Therapie bringt endlich Bewegung und Veränderung in den grauen Schleier, die uns zu vorsichtigem Hoffen berechtigt.

Doch eine stallübergreifende Wurmkur, der auch unser Pferd ohne unser Wissen unterworfen wird, vereitelt all unsere Zuversicht. Eine erneute Stagnation ist die Folge. Hinzu kommen Nieren- und Lymphbahninfektionen, die mich vor die Frage stellen: Wie kann ich Cherry künftig die zerstörerischen Chemikalien einer Wurmkur ersparen? Zwar kann eine Wurmkur erforderlich werden, doch muss zuvor das Gesamtbefinden sowie der tatsächliche Wurmbefall eines Pferdes berücksichtigt werden – und diesen hatten wir exakt ermitteln lassen, vergebens! In diesem Stall ist sinnbildlich mit Kanonen auf Spatzen geschossen worden, was eine Zerstörung der Darmflora zur Folge hatte, die schon oftmals der Beginn allen Übels gewesen war.

Uns bleibt keine Wahl, als den Stall zu wechseln und Cherry auf den Hof des Homöopathen zu bringen. Hier bessert sich ihr Allgemeinzustand erfreulich. Während ihr rechtes Auge ein weiterhin unverändertes Bild zeigt, ist das linke gesund und klar, so dass auch hierfür keine Schutzkappe mehr erforderlich ist.

Eine konsequente Umstellung der Ernährung erfolgt als Erstes. Der Hafer wird ersatzlos gestrichen wegen des zu starken Eiweißüberschusses, den der Organismus eines Pferdes, das keine körperliche Leistung erbringen muss, nur schwer verkraftet. Rauhfutter ist angesagt.

Cherry fühlt sich anfangs fremd und verlassen in diesem neuen Gebiet. Ihr unglückliches Wiehern verfolgt uns auf dem Heimweg. Darum fahren wir in der ersten Zeit täglich nach Arbeitsende die sechzig Kilometer zu ihr, um ihr das Eingewöhnen zu erleichtern.

Die Unterkünfte der Pferde hier erinnern zwar nur entfernt an einen richtigen Stall, doch das ist nicht mehr das Wichtigste. Cherry ist bald an die Robusthaltung angepasst, im Winter in einer offenen Einzelbox und während der Weidezeit in einem Gemeinschaftsunterstand. Nach kurzer Zeit schon will Cherry von uns nicht mehr spazieren geführt werden und auch keine Ausritte in den Wald unternehmen. Sie möchte bei den neuen Kameraden bleiben, hat sich inzwischen an ihr anderes Zuhause gewöhnt.

So können wir unsere Fahrten auf ein- bis zweimal wöchentlich reduzieren.

Ein neuer Schlag

Nach etwa zwei weiteren Jahren mache ich eine seltsame Beobachtung. Wieder ist es Sommer, und wir treffen Cherry inmitten einer kleinen Pferdeherde auf der Koppel. Bisher verlaufen unsere Visiten so, dass wir Cherry, nachdem wir sie geputzt und verwöhnt haben, wieder zu ihren „Kollegen" entlassen. Meistens bleiben wir am Koppelzaun stehen, bis es zu dunkeln beginnt und die Pferde ihren Unterstand aufsuchen. Auch Cherry ist unter ihnen und sucht sich einen passenden Schlafplatz neben einem befreundeten Tier.

Doch an diesem einen Abend wirkt sie eigenartig zögerlich. Zwar möchte sie zu den anderen gehen, weicht aber immer wieder vor dem dunklen Unterstand zurück. Natürlich meint meine Tochter: „Mutti, du siehst mal wieder Gespenster, wo überhaupt keine sind. Cherry hat einfach noch keine Lust."

Doch mich kann das nicht beruhigen, und ihr Verhalten wird immer unsicherer. Wieder drängt sich mir die Erkenntnis auf, dass Cherry sich nicht in das Gedränge hineintraut, weil sie sich nicht mehr behaupten kann und, wie ich richtig befürchte, weil sie nicht mehr genug sieht. Auch auf der Weide die gleiche freiwillige Isolation. Sie beginnt, der Herde auszuweichen.

Der Schlag trifft uns noch einmal heftig. Totale Erblindung? Das wäre nicht auszudenken. Doch Cherry muss sich langsam an diesen Zustand gewöhnt haben, der vermutlich so schleichend einsetzte, dass wir ihn erst sehr spät bemerkten.

Ob unser Pferd wirklich total erblindet ist, kann nicht exakt geklärt werden. Im Nahbereich ist sie auf jeden Fall unsicher geworden, doch Begrenzungszäune der Koppel oder auch größere Gegenstände haben sie nie beeinträchtigt. Ich spreche hier von keinem Elektrozaun, dessen Geräusche sie hätten abschrecken können, sondern von einer einfachen Holzeinzäunung. Auch am linken Auge selbst ist keine Schmerzreaktion feststellbar, und das Auge hat auch nicht diese fürchterlichen Verfärbungen wie seinerzeit das rechte.

Cherry bezieht jetzt des Nachts eine separate Box, in der sie unbehelligt von ihren Artgenossen schlafen kann. Für ihre Weidegänge werden zwei ruhige Begleitpferde gewählt, zwei Anglo-Araber-Stuten, Mutter und Tochter, die sie kennt und in deren Gesellschaft sie sich wohl fühlt.

So hat auch die Futterumstellung, als Cherry auf diesen Hof kam, nicht mehr allzu viel bewirken können. Es war zu spät und die Vorschädigungen bereits zu weit fortgeschritten.

Doch Cherry findet sich in ihrem Umfeld gut zurecht und vermittelt keinen „behinderten" Eindruck. Sie rast mit ihren Begleiterinnen nach alter Manier über die Koppel, weicht ihnen aus, wenn sie nicht mehr mag und führt ansonsten das angenehme Leben einer Frührentnerin. Wir haben uns mit dieser Situation, mit diesem erneuten Schicksalsschlag, abgefunden, und was das Wichtigste ist, Cherry geht es gut, und sie wirkt zufrieden.

Erkältungs- oder sonstige Krankheiten hat sie kaum noch zu überstehen. Durch die Offenstallhaltung und den täglichen Aufenthalt auf der Weide hat sich ihr Allgemeinbefinden weitgehend gefestigt.

In diese Zeit fällt der Auszug meiner Tochter aus unserer gemeinsamen Wohnung, die zu ihrem Lebensgefährten und späteren Ehemann in den Westerwald übersiedelt und, nachdem die Familie sich weiter vergrößert, nur noch selten die Zeit für einen Besuch bei Cherry findet.

So ist unser Krümel mein alleiniges Pflegekind geworden über viele Jahre. Wir sind uns sehr nahe gekommen in dieser Zeit. Aus dem „wilden Untier" Cherry ist ein anhänglicher Schmuser geworden. Allerdings hat sie ihren Eigenwillen nie verloren und auch viele ihrer liebgewordenen Gewohnheiten nicht. Ihre Begeisterung für eine frisch eingestreute Box ist unverändert geblieben. Manchmal geschieht es so schnell, dass sie, das frische Stroh riechend, schon mit wohligem Stöhnen in den Hanken einknickt und sich herumzuwälzen beginnt, bevor ich die Box verlassen kann. Doch da ich ihre Vorliebe kenne, lasse ich mein Pferd und meinen Fluchtweg nicht aus den Augen.

Cherrys Sicherheit, mit der sie auf der Koppel oft schwierige Situationen meistert, indem sie sich vermehrt auf ihren Geruchssinn und ihr Gehör verlässt, verblüfft mich immer wieder. Wir können noch einige schöne Jahre miteinander erleben.

Als Jährling habe ich Cherry kennen gelernt, mit drei Jahren in meine Verantwortung übernommen und sie bis zu ihrem 23. Lebensjahr begleitet. Sie war zu einem unverbrüchlichen Teil meines Lebens geworden.

Anmerkung

Noch immer ist durch Wissenschaft und Forschung nicht endgültig geklärt, wodurch die Periodische Augenentzündung bei Pferden hervorgerufen wird.

Sind die Erreger Leptospiren, die durch Mäuse oder feuchte Weiden übertragen werden? Oder verursacht nur eine Stoffwechselstörung dieses Krankheitsbild?

Zu seiner Linderung haben Professoren in Amerika Operationen am Pferdeauge mit seinerzeit 75%-igem Erfolg durchgeführt. Die eingetrübte Linse wird – wie beim Grauen Star im menschlichen Auge – durch eine künstliche Linse ersetzt. Dieses Verfahren haben auch in Deutschland Human-Augen-Spezialisten in Zusammenarbeit mit Veterinären an einer Uni-Klinik erfolgreich durchgeführt.

Allerdings ist die Voraussetzung hierfür, dass keine langfristige Linsentrübung und keine Schädigung des Umfelds vorliegt. Für Cherry kam die Möglichkeit einer solchen Operation leider zu spät.